LOUIS DE LYVRON

FUSAINS

PARIS

ALPHONSE LEMERRE, ÉDITEUR

PASSAGE CHOISEUL, 47

M.D.CCC.LXVIII

LOUIS DE LYVRON

FUSAINS

PARIS

ALPHONSE LEMERRE, ÉDITEUR

PASSAGE CHOISEUL, 47

M.D.CCC.LXVIII

Un soir, je m'assis au pied d'un arbre, et je me mis à pleurer — c'était peut-être hier, peut-être il y a dix ans — je pleurais, parce qu'elle avait dit, en levant sur moi ses doux yeux : « Je souffre, soulage-moi. J'ai peur, rassure-moi. » Étant un ignorant, je n'avais pu la soulager ; ne croyant à rien, je n'avais pu la rassurer.

Voilà pourquoi, un soir d'automne, je pleurais sous un peuplier.

Au coucher du soleil, une bise aigre souffla, et les feuilles dorées tourbillonnèrent. Elles voltigeaient comme des papillons, puis elles tombaient sur l'eau de la mare. Les branches dépouillées chantaient.

— *Si j'étais un peuplier, soupira mon âme,
je chanterais pendant que tombent les feuilles
de mon été. Alors une voix, dans les branches,
dit : « A l'automne, les peupliers chantent parce
qu'ils savent que la terre n'est qu'un palier de
l'escalier lumineux. »*

*J'essuyai mes larmes et je courus répéter à
la bien-aimée ce que j'avais entendu. Souriante,
elle tendit à mes lèvres ses doux yeux.*

*Maintenant ma bien - aimée
ne tremble plus. Chaque matin, elle cueille
les pâles fleurs de mes nuits, et, lorsqu'elle en
aura tressé une couronne de mariée, elle dira
au vent d'automne : « Emporte nos âmes au
pays où le printemps est éternel. »*

A. DE L'.

18 *septembre* 1867.

FUSAINS

I

BEL ange Gabriel, toi qui dictas au Prophète le livre saint, que faut-il faire pour être un poëte ?

— Il faut écrire ce que l'on dit entre deux baisers, ce que l'on rêve entre deux rendez-vous.

— Ce que je dis entre deux baisers rougit les lèvres de ma maîtresse, ce que je rêve entre deux rendez-vous brûle mon sang comme la soif ; mais les vers que j'écris se tordent, ternes, comme le serpent écrasé. Bel ange aux ailes vertes, beau paon du paradis, *mes vers sont comme les rochers de sel* après le coucher du soleil.

— As-tu pleuré sur le papier que ta plume noircit ?

— Non ; mon amie est une source fraîche.

— Penche-toi sur la source, bois à longs traits et ne pense plus. — Les vers ne sont que les ailes des désirs, que les suaires des regrets.

— Adieu, bel ange aux pieds couleur d'aurore, ma maîtresse est un citronnier sur lequel, près des fruits mûrs, des fleurs s'entr'ouvrent parfumées.

2

J'ai baigné mes yeux dans la source fraîche, et je vois, maintenant, plus loin que le faucon. J'ai mis dans mon cœur un bouton rose, un bouton du citronnier, et mon cœur, maintenant, comme un feu d'aloès, éclaire ma pensée. — Ah ! ah ! ou ! Ah ! ah ! ou ! Faites, fils du Prophète, sonner vos étriers.

Je veux que, devant moi, les peuples s'agenouillent du couchant à l'aurore, et quand, seul debout, je sentirai la terre trembler sous mon talon, j'irai m'agenouiller devant celle que j'aime, et sur mon cou je mettrai son pied. — Ah ! ah ! ou ! Ah ! ah ! ou ! Secouez, fils du vent, vos crins argentés.

3

Elle a baisé mes mains sanglantes. . . . .

Si je savais ciseler ces phrases qui sonnent à l'oreille comme le galop d'un cheval, qui glissent entre les dents comme les grains d'une grenade, qui vont au cœur comme un sabre, j'écrirais, ô ma bien-aimée, un poëme sur tes cils, un poëme sur tes cheveux. Si j'étais un poëte, je dirais pourquoi tes yeux sont deux étoiles tombées des cieux qu'on rêve, pourquoi tes lèvres sont deux feuilles de l'arbre qui fait oublier, pourquoi tes seins sont deux vagues de la mer où le corail brille.

Elle a baisé mes mains sanglantes. . . . .

Si je pouvais donner à des vers le goût de tes baisers, je les pétrirais lentement, et, pendant que ma plume glisserait tremblante, l'abeille se poserait sur mon doigt, le rossignol ferait son nid sur ma main.

4

Je n'ai pas pu mettre une selle sur ma pensée ; elle bondit, comme un mouton sauvage, du sable aux rochers. Je n'ai pas pu mettre sur ma langue un frein d'or ; elle ne sait que crier : « En avant ! » quand les fusils s'abaissent ; que rugir comme une lionne lorsque, la nuit, je pense à toi. Mais je sais couper les têtes. Ne sois plus jalouse, ô ma bien-aimée,.de la maîtresse du poëte ; demain elle n'aura plus un sonnet pour miroir, et tu auras pour coussin la tête qui osa chanter une autre beauté que la tienne.

5

Cavalier, conte-moi ton dernier combat ; en vers immortels, j'écris ton histoire.

— Poëte, ma bien-aimée veut ta tête, et je viens la couper.

— Je n'avais jamais vu d'homme sachant aimer, je croyais que l'amour était mort sur la terre. — Laisse-moi te regarder, toi qui sais aimer encore.

— Ma bien-aimée attend.

— Ne la fais pas attendre. . . . .

6

Ses vers ombrageaient les routes sans eau, ils endormaient la fièvre. Je les chantais quand j'étais gai, je les chantais quand j'étais triste, je les jetais comme un défi, je les soupirais dans les bras blancs de mon amie.

Je l'ai tué sans regrets.

7

Amie, voici la tête du poëte.

— Où l'as-tu coupée?

— Sur les genoux de Meyrin.

— Lèvres bleues, vous ne chanterez plus la beauté de Meyrin — le sabre a brisé la flûte, le monde est muet comme une tombe..... Lèvres bleues, vous ne baiserez plus les lèvres de Meyrin — le sabre a écrasé l'abeille, la vie est amère comme une feuille de laurier..... Lèvres bleues, je vous aimais lorsque vous étiez roses, et j'ai menti pendant vingt nuits pour que mon âme puisse vous toucher en s'allant.

8

Je l'ai tuée . . . .

Maintenant je suis comme la tulipe sauvage; mes joues ont la couleur du feu, mon cœur est noir comme un charbon éteint. . . . .

Jette-moi, Gabriel, une plume de tes ailes; les vers sont les suaires des regrets.

9

— J'ai arraché, pour toi, une plume de mes ailes, et tu n'écris pas?

— Ma douleur brûlerait le parchemin. Elle est trop grande pour tenir sur une lame de cuivre. Elle est si lourde qu'elle s'enfoncerait sous le sable.

— Dis à tes compagnons de creuser une fosse, et, pendant qu'ils la creuseront, grave tes vers sur une dalle.

— Et quand j'aurai gravé mes vers sur la dalle?

— Tu te coucheras dans la fosse, et la dalle sera la pierre du tombeau.

Ici on peut rêver à l'aise, il n'y a que des ruines; Julia Cæsarea n'est plus et Cherchell n'est pas encore.

Pour cacher mes rêves, j'ai choisi, hors des murs, une maison blanche dont la porte est bardée de fer.

C'était un dîner de famille — on fêtait le retour de l'enfant prodigue — les vieilles tantes chuchotaient à l'oreille de leurs vieux voisins : « Enfant, il était sauvage et paresseux. » Les vieux oncles chuchotaient à l'oreille de leurs vieilles voisines : « Il fréquente la mauvaise compagnie, les artistes, les actrices. C'est

un homme sans principes. » Les vieilles tantes sou-
piraient : « C'est fâcheux ! Très-fâcheux ! » Les petites
cousines, blanches et roses, disaient, le nez sur
leurs assiettes : « Son gilet n'est pas à la mode. »

Louise, les doigts enfoncés dans les cheveux, regardait la montagne par la fenêtre ouverte.

Les vieilles tantes n'aiment pas Louise, les petites
cousines la détestent, les vieux oncles l'embrassent
volontiers, et tous les petits cousins l'adorent, parce
que ses lèvres brillent comme les fruits du houx après
la gelée.

Les petits cousins sont de grands chasseurs d'a-
louettes ; ils montent, en bottes molles, les chevaux
du carrosse maternel ; ils chiffonnent les femmes de
chambre sur l'escalier et les bergères dans les taillis ;
ils vont à la messe et savent conduire un cotillon tout
aussi galamment que monsieur le substitut. Ils ne
voudraient pas épouser Louise — elle est sans for-
tune — mais elle est leur cousine, et ils espèrent bien,
un soir ou l'autre, l'embrasser entre deux portes.

Au dessert, une vieille tante qui faisait des vers sous
le Directoire demanda à l'enfant prodigue une chanson
de chamelier. Sur un signe de leurs mères, les petites
cousines sortirent, et l'enfant prodigue dit :

« Près du golfe où les étoiles sèment des étincelles
en tordant leurs cheveux, un palais de cuivre flamboie.
C'est le palais de Saba, la ville éternelle que les hommes

ne voient plus ; c'est le palais de la reine qui parle comme une prophète, qui chante comme un oiseau.

« Dans le palais de Saba, Salomon bâtit, lui-même, une salle sans fenêtres dont mille palmiers d'argent soutiennent la voûte irisée. C'est la chambre de la reine aux lèvres douces comme un rêve, au front haut comme un poëme, aux yeux clairs comme un étang.

« Dans la salle sans fenêtres, une hirondelle aux grandes ailes plane sous le dôme irisé, une panthère aux flancs maigres la regarde voler, et Salomon, le roi poëte, qui n'aimait les fleurs qu'en gerbes et les perles qu'en colliers, depuis trois mille ans épelle le même mot sans se lasser.

« Quand l'hirondelle ouvre ses ailes, les flots chantent dans le golfe rond, et, lorsque rugit la panthère, les baisers chantent, sur les lèvres, dans Saba, la ville éternelle où les hommes n'entrent plus, dans Saba, la ville que cherchent ceux dont les lèvres sont sèches, dont les baisers sont de feu. »

L'enfant prodigue se rassit ; Louise lui souriait entre les branches du jasmin qui encadrait la fe-nêtre. . . . .
. . . .

Si ma porte n'était pas bardée de fer, le Maudit viendrait me voler ce souvenir.

Les trois chambres de ma maison s'ouvrent sous une galerie soutenue par des colonnes torses. Une main à six doigts, talisman contre les sortiléges, est sculptée à la pointe des ogives renflées, et, dans mes chambres blanchies à la chaux, une mince guirlande, d'un rouge pâle, court au-dessous des solives.

Je peux rêver à l'aise ; pour parfumer mes rêves, l'émailleur a semé de roses bleues les murs de ma galerie ; pour les emporter, il a semé de vaisseaux bleus les murs de mon escalier.

Toutes les roses sont épanouies, tous les vaisseaux ont leurs voiles dehors.

Si je trouvais, sur mon chemin, la femme que je rêve, je l'aimerais toute ma vie. Je l'aimerais même plus longtemps, car je commence à croire que la mort n'est qu'un sommeil d'une nuit.

Probablement la femme que je rêve n'existe pas. Elle n'est ni blonde ni brune — les brunes ne savent pas dire : « Je t'aime ! » Les blondes le disent trop et ne le prouvent pas assez — elle a des cheveux couleur de cuivre, des joues pâles, des lèvres rouges, des yeux noirs. Ses épaules sont larges et ses pieds sont petits, sa taille est mince et ses bras sont forts. Elle n'a rien appris et elle sait tout, elle n'a rien vu et elle a tout deviné..... Louise ressemble peut-être à celle que j'aimerais . . . .

. . . .

Emportez mes rêves, vaisseaux bleus.

MON jardin va, du ruisseau échappé de l'aqueduc, à la crête de la falaise blanche dont les flancs verticaux portent quelques buissons de lentisques et des touffes d'ajoncs. Il est planté d'orangers et de grenadiers.

Lorsque le rossignol chante dans les grenadiers, lorsqu'une fine vapeur flotte, comme un voile, sur l'aqueduc rompu, lorsque les étoiles paillètent la rade endormie, je vois passer, entre le ciel et la terre, celle que j'aimerais si elle était une femme. Ses longs cheveux sont dénoués, ses yeux regardent en haut et ses doigts tirent de vagues accords d'une harpe d'ébène.

. . . .

Roses bleues, parfumez mes rêves.

PIÉTRO est un grand et maigre vieillard aux pommettes saillantes, au nez droit et mince, aux gros sourcils rudes tombant sur des yeux d'un bleu gris. Il est le patron d'une barque à voile triangulaire, et je l'accompagne à la pêche, quand mes rêves sont plus hauts que les colonnes torses de ma galerie.

Hier la nuit était tiède, le ciel couleur de bluet, la mer couleur d'améthyste. Au lever de la lune les flots verdirent, l'écume argentée s'azura, la rade devint semblable à une prairie traversée par un ruisseau sinueux bordé de myosotis, et celle que j'aimerais si elle était une femme m'apparut. Elle marchait le long du ruisseau et cueillait, en me regardant, la fleur du souvenir. Elle souriait comme souriait Louise. . . . . . .

. . . .

Vaisseaux bleus, emportez mes rêves; Louise aimera un des petits cousins.

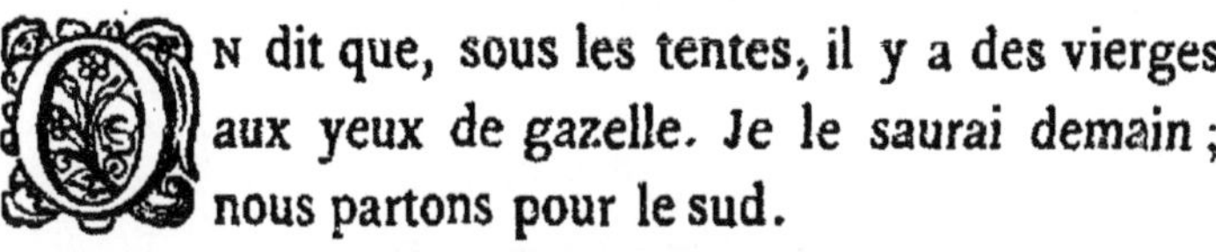

On dit que, sous les tentes, il y a des vierges aux yeux de gazelle. Je le saurai demain; nous partons pour le sud.

Un homme traverse la plaine, une branche fleurie à la main. Il s'agenouille sous un palmier poussé seul et il chante : « Fils du soleil, assouplis ton écorce, ne déchire pas mes genoux; je viens de la forêt où parlent les dattiers aux fleurs embaumées. Le plus beau m'a dit : « Ma sœur est trop loin, porte-lui mes baisers si l'ange du désert l'a oubliée. »

L'HOMME est à la cime du dattier et il chante, en agitant la palme que dore le soleil levant : « Allah ! Allah ! en ton nom je sème ; ton ange est fatigué. Allah ! Allah ! en ton nom je sème ; fais mûrir ce que j'ai semé. »

L'HOMME a jeté la palme. Il se tourne vers l'orient la main sur le front, et il crie d'une voix claire : « Allah est le plus grand ! Allah est le maître ! Il fait mûrir les dattes, l'orge du désert ! »

CE soir, au coucher de la lune, sois là-bas, près des ruines. L'amour sourit aux braves lorsqu'ils sont discrets.

— Négresse, qui t'envoie ?

— Demande-le à ce bouquet.

— Une branche de myrte ?

— L'amour.

— Une feuille de chanvre ?

— L'ivresse.

— Un brin de cyprès ?

— La mort.

— Négresse, la branche de cyprès est-elle pour la vierge ou pour moi ?

— Adieu, beau cavalier.

— Au coucher de la lune, je serai près des ruines.

Pourquoi trembles-tu ? Tes doigts sont plus roses que l'écume sur un mors argenté, ta taille est plus souple que le roseau du lac. Lève ton voile ; tes yeux brillent comme des flissas..... Ton haïck se soulève ; ne cache pas les tourterelles aux ailes satinées.....

— Leurs ailes sont rouges.....

— Pourquoi trembles-tu ? Asseois-toi ; le sable est fin.

— Si tu ne m'aimais pas..... Près de la feuille de chanvre, il y avait un brin de cyprès . . . .

. . . .

Elle est belle comme l'oasis au milieu du sable, elle est caressante comme l'ombre au milieu du jour. . . . .

. . . .

NE dévoile jamais ton amie devant ton frère ; les seins de la femme charment comme le regard du serpent et la flamme de ses yeux fane la fleur qui n'a que deux racines, la fleur rouge de l'amitié Ne dévoile jamais ton amie devant ton frère ; le cœur de la femme est comme la dune, un souffle y efface la trace des pas.

La branche de cyprès n'a pas été pour moi ; mais que l'autre prenne garde !

QUE diraient nos peintres s'ils voyaient ce que je vois ? Au désert tout est gris et il n'y a pas d'ombres portées.

LE vent du désert soufflait.
Je fis seller mon cheval et je partis, espérant trouver un peu d'air sur les collines qui séparent du Sahara la plaine des Angades.

La nuit était noire; mais la crête des montagnes brillait d'une lueur phosphorescente. J'entrai dans un large défilé pierreux. Mon cheval n'avançait qu'à regret ; dès que je laissais flotter la bride, il tendait le cou, humait l'air bruyamment et faisait demi-tour.

Au lever du soleil, je m'arrêtai sur un plateau formé de larges dalles. Au-dessous de moi, le grand désert était plein d'une vapeur rousse qui moutonnait comme la mer. Mon cheval tremblait.

Je ne sais depuis combien de temps je regardais ces vagues de lumière et de sable, lorsque je m'aperçus qu'elles battaient l'arête du plateau. Pris d'une indicible terreur, je voulus fuir; mais elles passèrent par-dessus ma tête, et je tombai lourdement, le front sur l'arête d'une roche.

Quand je rouvris les yeux, je vis mon cheval couché près d'un étang verdâtre dans lequel se miraient des palmiers.

Je me levai ; une poussière brûlante m'aveugla.

Je me rassis, à moitié suffoqué, et je vis un palais d'émeraudes au porche de diamants. Un fleuve impétueux s'engouffrait sous ce porche et des cascades de saphirs jaillissaient des fenêtres qui s'ouvraient noires.

Je me retournai et je vis nos tentes la pointe en bas.

Le tonnerre gronda sourdement, une pluie de sable tomba, mon cheval hennit, et je ne vis plus que la plaine pierreuse sur laquelle couraient des points rouges. Les spahis me cherchaient.

ALUT, nid de vautours! Salut, nid de colombes! Salut, ville où les cigognes rêvent sur les minarets! Salut, ville où les balancelles, comme des mouettes fatiguées, ferment leurs ailes argentées! Salut, reine des flots! Salut, reine du sable! Salut, Alger!

EN montant la Casbah j'aime à m'arrêter devant les échoppes qui trouent les murs bosselés.

Là brille la pierre ponce à côté d'un étalage de grenades et d'oranges; ici, un potier trace à la chaux vive de capricieux dessins sur un réchaud de terre brune. De distance en distance résonne le marteau du frabricant de babouches et ronfle le tour qui lance des copeaux de corne blonde.

Dans le haut, près des vieilles murailles, on trouve des brodeurs, des forgerons, des dévideurs de soie et

des menuisiers qui font des étagères aux fleurs écla-
tantes.

Tous travaillent gaiement.

Le caouedji court, brandissant un charbon allumé
au bout d'une pincette de cuivre. Le marchand d'angélique passe en faisant tournoyer sur la paume de
sa main une planche garnie de pâtes blanches et
roses, et la négresse, roulée dans son pagne bleu,
offre aux promeneurs des petits pains saupoudrés
d'anis et de safran.

LA pointe Pescade est un cap déchiqueté,
long d'environ trois cents mètres, étranglé
dans son milieu et épanoui en forme de trèfle
à son extrémité. Deux îlots, polis par les vagues,
montrent à ses pieds leurs têtes blanches.

A la pointe Pescade la mer est profonde, et sur
ses eaux vertes courent des bandes ternes semblables
à de grands fleuves. Les Turcs élevèrent sur ce cap
trois batteries, maintenant démantelées.

J'y viens souvent, le soir, fumer, en compagnie de
mon chien, sur un gros canon de bronze à la culasse
ciselée. . . . .

. . . . ,

Plus heureux que tant d'autres, tu n'es pas éraillé

par les câbles, froissé par les roues. Je voudrais tomber et dormir comme toi, vieux canon de la pointe Pescade.

LE polygone est près d'Hussein-Dey, dans les dunes de l'Harrach. Si, le matin, on gravit l'une d'elles, on voit ce que l'on n'oublie plus.

La rade, d'un bleu sombre, est semée de flocons d'écume ; d'épaisses vapeurs cachent Alger ; le fort l'Empereur est noir ; les aiguilles du Djurjura sont azurées.

A l'orient, où la mer touche le ciel, une bande lumineuse s'allonge. Elle s'enflamme sans s'élargir, et trois rayons orangés en jaillissent. L'un raye le ciel d'un large sillon de pourpre ; les deux autres, dansant sur les vagues, vont donner la teinte de l'or aux voiles des balancelles et aux rochers de Saint-Eugène.

Soudain le soleil s'élance d'un bond et inonde de lumière la blanche maîtresse de la Méditerranée.

ELLE est belle comme une nuit sans lune, comme l'eau d'une citerne creusée dans le granit. Ses lèvres ont la couleur du sang, ses grands yeux cernés brillent comme des clous sur une selle de velours. Elle est danseuse au théâtre.

Un matin qu'elle avait soupé aux Platanes avec un marchand de moutons et un conseiller de préfecture, elle était au balcon un verre à la main Je me dressai sur mes étriers et elle me tendit son verre. Le conseiller de préfecture m'ayant fait remarquer qu'il avait bu dans le verre, je lui jetai le champagne à la tête.

Une heure après nous mettions flamberge au vent, et je recevais sous la troisième côte un bon coup d'épée.

LE conseiller est un charmant garçon. Léonie est adorable.

Elle est adorable ; ce n'est pas une femme, c'est une bête de race, une lionne bien souple, bien gracieuse, bien méchante. Dès que ses mignonnes pattes vous touchent, ont sent les griffes.... Je l'entends monte.. Que ses petits talons sonnent gaiement !

BONJOUR, chérie. Vous vous faites bien attendre aujourd'hui. Pourquoi ?

— Bonjour, monsieur.

— Pourquoi, au lieu de te pelotonner sur ce canapé, ne viens-tu pas m'embrasser ?

— Je songe aux yeux que tu roulais lorsque ce brave Edmond te dit : « Monsieur, j'ai bu dans ce verre. » Ah ! tu ne veux boire que dans les verres neufs ! Tu mourras de soif, ami.

— Quand je vous disais qu'elle avait de gentilles petites griffes. — Je t'aime.

— Ce n'est pas vrai. Tu aimes un beau fantôme, brillant comme une flamme, parfumé comme une fleur. Tu es un poëte.

— Folle !

— Tais-toi. Nous comprenons les poëtes, nous. Nous aimons aussi de beaux fantômes qui traversent nos rêves l'éclair aux yeux, le sabre à la main. Je croyais rêver quand je t'ai vu devant les Platanes. Ton cheval était blanc d'écume, ton sabre sonnait. Te souviens-tu ?... Il faisait soleil, et pourtant je croyais rêver.

— Tu es plus belle que mon plus beau rêve.

— Tu ne me connais pas. Il y a douze ans, j'étais une enfant laide et je tendais la main. Ma mère me battait, mes frères me battaient. Ils ne savaient pas qui était mon père. Lorsque j'eus quinze ans, ma mère voulut me vendre et je m'enfuis. Un jeune homme me trouva belle, il me donna des bijoux, des maîtres, et je pris pour amant son meilleur ami. Ils se sont battus, et je ne sais pas lequel a tué l'autre.

Si tu m'aimes un peu, mets-moi à la porte. . . . .

. . . .

ELLE est partie avec le marchand de moutons.

Si je n'avais pas peur de me moquer de moi-même, je pleurerais..... Ma foi, tant pis, j'ai envie de pleurer et je pleure.

Sémon, va au café more et apporte-moi du kif.

I

Tu as froid? As-tu froid à la tête, ou froid au cœur?

— J'ai froid à la tête et au cœur.

— Viens avec nous ce soir.

— Charles me dira qu'il aime une Vénus, Jacques me dira qu'il aime une fauvette, Léon me dira qu'il aime une morte, Armand me dira qu'il aime Cléopâtre, Pierre me dira qu'il les aime toutes, toi tu me diras que tu n'aimes personne, et moi je dirai : « J'ai froid !.....» Mais je viendrai ce soir.

II

Où nous as-tu-conduit? Ces quinquets fument,
ces tables sont grasses, ces verres sont sales,
ces femmes sont affreuses, ces hommes sont ignobles
et cet orchestre joue faux...

— Patience, patience! On ne nous attendait pas si-
tôt. Dans une heure on mouchera ces quinquets, on
essuiera ces tables, on rincera ces verres, on renverra
ces femmes, on chassera ces hommes et on changera
l'orchestre.

— Ou sommes-nous donc?

— Au bal que l'*Inconnue* donne à ceux qui ont la
tête où les autres ont le cœur. — Garçon! sept verres
et de l'absinthe.

— Je n'ai pas soif.

— Louis, l'homme est un animal qui boit sans soif.
Garçon, laissez cette bouteille et apportez-en une autre;
nous sommes sept.

III

Vois-tu, Léon, l'âme est dans la ligne..... dans
le contour..... dans.....

— L'âme est dans tout, car.....

— Buvez, vous autres, et taisez-vous; la rampe
n'est pas encore allumée. Taisez-vous; lorsqu'il en

sera temps, je frapperai les trois coups. — Tu mets trop d'eau, Louis.

— Cette absinthe est amère.

— Parce que tu mets trop d'eau.— Garçon, changez le verre de monsieur. — Ma belle enfant, nous ne sommes pas encore gris, laisse-nous.

IV

LA rampe est allumée, le rideau se lève, la pièce commence !

Écoute et regarde. L'*Inconnue*, avant de faire danser, aime à faire rire. On va jouer devant toi l'éternelle comédie de ceux qui ont la tête où les autres ont le cœur. — Approchez, charmantes. — Garçon, une autre bouteille, des cigares et des verres.

Dans toutes les bonnes pièces il y a un chœur, tu sais ? *Vox populi.* Comme il n'y a pas de peuple, je ferai le chœur. — Blondinette, mon ange, laisse monsieur tranquille, il ne joue pas ; il compose notre public. — Attention, vous autres ! Ouvrez tous les tiroirs où vous rangez vos vertus et vos vices. Je suis le chœur et je commence par une invocation à la grande déesse :

Vierge aux yeux d'émeraudes, vierge au lèvres parfumées, berce-nous dans les plis de ton manteau d'opale, serre-nous dans tes bras nerveux. Nous n'aimons que toi et nous ne croirions plus à l'immortalité si tu brisais nos verres !

JULIE.

Lorsque mon verre est à moitié vide, je vois tous les hommes beaux.

LE SCULPTEUR.

Donne-moi ton verre, et je me fais photographe.

JULIE.

Lorsque mon verre est plein, je vois tous les hommes laids. Lorsqu'il est à moitié vide, je les vois tous beaux. Lorsqu'il est vide, je ne les vois plus.

PIERRE.

Et ton verre est tantôt vide, tantôt plein.

LE POËTE.

Julie, tu ressembles à Cléopâtre.

JULIE.

Pourquoi ?

LE POËTE.

Parce que Cléopâtre était une femme brune.

BLONDINETTE.

Et moi, je ne ressemble à personne ?

LE POËTE.

Toi tu ressembles à Hélène parce que tu es blonde.

LE SCULPTEUR.

Celle-là est bonne.

LE POËTE.

Pourquoi dis-tu celle-là est bonne? Toi qui, semblable à Prométhée, façonnes avec de l'argile douce au toucher.....

PIERRE.

Charles, fais des cruches, de belles cruches au ventre bien large, emplis-les de vins vieux, et tu auras créé un corps et une âme. Fais des cruches au lieu de faire des singes.

THÉRÈSE.

Ah ! ah !

LOUIS.

La gazelle est morte sous les citronniers. J'avais caché son souvenir au fond de mon cœur, et, pour empêcher la vie de le ternir, j'avais mis autour un collier en fleurs de jasmin; mais les fleurs, une à une, se sont changées en chanson du désert, et avec la dernière le souvenir s'est envolé.

TOUS.

Ah bah !

LOUIS.

S’est envolé !

TOUS.

S’est envolé !

LOUIS.

Et je n’aimerai plus.

LE CHŒUR.

J’aime le jour aux cheveux roses
Et la nuit aux cheveux de jais.
Les fleurs écloses,
Les lèvres roses,
N’aiment jamais.

LE MUSICIEN.

J’aime les plaintes de la brise,
J’aime la chanson des grillons,
J’aime les cris du vent qui brise
Les vieux noyers sur les sillons.

LOUIS.

Moi, j’ai froid.

LE POËTE.

J’aime l’archange aux ailes roses,
La strophe qui marche à grands pas.
Les fleurs écloses,
Les lèvres roses,
Ne volent pas.

LOUIS.

Moi, j'ai froid.

LE SCULPTEUR.

J'aime la nymphe qui se cambre
Le torse nu, le thyrse en main,
Les fûts brisés, les colliers d'ambre
Et les lézards sur le chemin.

LOUIS.

Moi, j'ai voulu aimer une femme. Voilà pourquoi
j'ai froid.

LE CHŒUR.

Buvez, amis, buvez, et l'ange de vos rêves sortira
radieux du bourbier. Buvez, amis, buvez!

LE voyez-vous au centre du croissant que forment derrière lui ces cavaliers en manteaux
rouges? Voyez-vous son cheval voler vers
cette colline de sable au-dessus de laquelle tremblent
des couronnes de fumée bleue? Entendez-vous ce

que chante Ahmed, le chaouch, en rechargeant son long fusil? Écoutez la chanson d'Ahmed :

« Enfant, on m'a ramassé sur le sable dans un burnous ensanglanté; puis j'ai conduit des caravanes; maintenant je suis cavalier. J'aime à sentir des têtes tièdes, comme des grenades ouvertes, saigner sur ma cuisse nue. J'aime à sentir des lèvres fraîches comme une pluie de printemps sur mes lèvres brûlées par les baisers du désert. »

Voyez-vous les fusils qui s'abaissent? Entendez-vous les chevaux crier sous l'éperon? Les balles bourdonnent comme un essaim d'abeilles..... Entendez-vous ce que chante Ahmed en chancelant?
Écoutez la chanson d'Ahmed :

« Quand je gardais les moutons, les étoiles me parlaient; quand je guidais les caravanes, la lune me souriait; aujourd'hui ma fiancée m'a creusé un doux lit de sable. . . . . »

Il tombe souriant. La mort rouge est une belle fiancée !

BOUGIE est bâtie en amphithéâtre sur le Gou-raya, dont les flancs stériles tombent à pic dans la mer.

C'est une fière amazone qui laisse rouiller sa cuirasse.

DANS la vallée de l'Oued-Sahel, à une heure de marche de Bougie, la route des Béni-Mançour passe devant un moulin.

UN soir de novembre, un cavalier frappa à la porte de ce moulin, — il pleuvait à torrents, l'Oued-Sahel rongeait les talus de la route, — un kabyle regarda par un guichet et, voyant des galons sur les manches du voyageur, ouvrit.

« Mets mon cheval à l'écurie, dit l'officier, et conduis-moi vers le maître.

— Sidi, il n'y a pas de maître, répondit le kabyle, il n'y a qu'une maîtresse qui dort maintenant, mais qui demain, lorsque tu seras parti, dira à Kadour : « Tu as bien fait de donner à manger au kébir et à son cheval. »

Ils se dirigeaient vers un grand bâtiment à un étage

où ronflaient des meules , lorsqu'une jeune fille sortit d'un pavillon et dit : « Monsieur, madame va descendre vous recevoir. »

Kadour tressaillit. L'officier, guidé par la jolie soubrette, entra dans le pavillon.

La meunière de l'Oued-Sahel avait vingt ans, des mains de patricienne, des cheveux comme les ondines de Rubens, des yeux comme les vierges de Léonard de Vinci.

Lorsqu'elle souhaita la bienvenue à l'officier, le jeune homme, ébloui, balbutia.

« Il faut être imprudent comme vous l'êtes tous, continua-t-elle, pour voyager, par un temps pareil, sur des routes qui ne sont encore qu'un rêve de vos ingénieurs.

— Je vais à Bougie chercher des ordres et je bénis l'orage qui m'a donné le droit de frapper à votre porte.

— Vous êtes mouillé. — Pépita, allume du feu, puis tu serviras. — Vous aurez un mauvais souper. » . .
. . . .
Le lendemain, pendant que l'officier sellait son cheval, — Kadour avait disparu, — un rideau s'agita à la fenêtre du pavillon. Il sourit et partit au galop.

Il galopait sous les trembles, à cinq cents mètres du moulin, lorsqu'une balle siffla à son oreille. — « Il est temps d'avoir du renfort, dit-il ; les maraudeurs battent déjà la campagne. »

LE soir, le moulin n'était plus qu'un monceau de cendres et Pépita pleurait sur le corps de sa maîtresse, que Kadour avait étranglée.

LE village des Beni-Mançour est une agglomération de huttes en planches et en torchis, habitées par des gens venus de partout, on ne sait trop pourquoi, et se livrant à des industries inconnues ailleurs.

Dans nos postes frontières, les colons aiment mieux faire venir des salades d'Alger que d'en semer à leur porte. Au lieu d'apporter une bêche, ils apportent deux ou trois tonneaux de vitriol et d'alcool qu'ils baptisent absinthe et eau-de-vie ; ils se procurent une douzaine de verres, quelques bouteilles fêlées, et vendent la goutte. Si la garnison est nombreuse, ils font à peu près leurs affaires — on a toujours soif en Afrique — mais dès que les troupes partent, ils invitent leurs voisins, qui les invitent à leur tour ; les tonneaux sont bientôt vides, et la fièvre arrive.

'HIVER est proche, le vent fouette nos tentes dressées, au hasard, sur une lande sablonneuse, semée de buissons de genévriers et de bouquets de pins tortus. Le brouillard ne se lève qu'à midi, et, chaque soir, un orage gronde dans la vallée. L'Oued-Sahel roule une eau épaisse et terne.

E n'est plus l'Afrique avec ses parfums qui enivrent, sa lumière qui éblouit; c'est notre pays avec ses brumes grises et son odeur de sapins; c'est notre Bourbonnais à l'automne mélancolique et sauvage.

Je pense à nos bois teintés d'ambre, à nos longues prairies sinueuses qui semblent, le matin, des fleuves tranquilles parsemés d'îles vertes. Je pense à nos étangs sombres où les canards sauvages s'abattent en sifflant, où les roseaux séchés crépitent sous la bise. Mon isolement me pèse, une immense tristesse m'enveloppe et m'engourdit.

Ma pipe n'est plus bonne; j'ai le mal du pays.

'AI le mal du pays, mais de quel pays? Peut-être de celui où l'on se retrouve, où je retrouverai celle qui me souriait le matin, et que, le soir, j'ai vue morte. . . . .

LES tentes tombent, les mulets sont bâtés, les soldats bouclent gaiement leurs sacs. Nous traverserons aujourd'hui ces montagnes neigeuses, et nous serons demain au pays des palmiers.

A l'horizon, le ciel, semblable à un dôme d'acier, s'appuie sur la plaine unie, sèche, nue. Le soleil se couche. Au sud, un gros nuage de poussière court ; au nord, de minces colonnes de fumée montent. L'orient est bleuâtre, l'occident est violet, le sol est roux.

DES tentes se dressent, blanches, derrière les feux. Un trompette jette, au galop, trois notes aiguës. — Des points noirs se groupent et forment un bataillon. — Le nuage qui court vers le sud se dédouble. — Le ciel bleuit. — Le sable s'argente.

LE vent apporte une rumeur vague. — Des spahis, le fusil en travers de la selle, le burnous relevé, la tête sur le cou de leurs chevaux, passent et se perdent dans l'ombre qui monte lentement de l'horizon au zénith. — La rumeur grossit ; un roulement sourd l'accompagne. — Le bataillon s'arrête devant les tentes. — Une étoile s'allume, et une étincelle jaillit de la pointe d'une lance à laquelle flotte un fanion bleu. — C'est le général. Derrière lui, de larges drapeaux frissonnent.

La rumeur grossit ; on entend beugler des chameaux, bêler des moutons, hennir des chevaux, crier des femmes, gémir des enfants. — Des coups de fusil pétillent, çà et là, dans les ténèbres.—La flamme des feux se tord, rouge.

Les spahis de l'escorte vident des sacs pleins de têtes. — Une masse confuse apparaît. — Les soldats courent au-devant d'elle, et reviennent avec des moutons qu'ils dépècent en marchant.

Les clairons sonnent l'appel, et un grand silence se fait.

DES lambeaux de chair grillent sur les charbons. — Le beurre coule des outres éventrées. — Des soldats, couchés sur des tapis, jouent des bijoux ; d'autres brisent, à coups de sabre, des têtes de mouton, et jettent les langues dans des gamelles ; d'autres frottent leurs pieds de graisse.

Des enfants nus sortent de la masse confuse, se glissent entre les sentinelles, boivent à un bidon et s'enfuient.

Des groupes d'officiers se forment, et parlent de la razzia.

LES feux s'éteignent. — Le camp s'endort.

La lune brille, et la masse confuse s'éclaire. Là, des chameaux balancent leurs cous, inquiets. Là, des moutons s'entassent. Là, des femmes échevelées se pressent. Là, dans un cercle de spahis, des hommes accroupis, le capuchon rabattu, regardent les têtes coupées dont les lèvres se plissent.

Un turco en faction joue de la flûte.

DANS l'oasis, au coucher du soleil, on se réunit sous les orangers. Les vieillards songent en égrenant leur chapelet, les femmes dansent, les hommes fument et regardent. Si l'on s'écarte un peu, on voit des formes blanches se chercher entre les palmiers.

Heureux ceux qui se rencontrent sous les palmiers des Beni-Mezab !

I

Al'ouest de la rade d'Alger, près de la pointe Pescade, dans une maison blanche, habitait en — l'année ne fait rien à l'affaire — une ravissante enfant qui commençait à être femme.

Je ne vous ferai pas le portrait de cette enfant, car si elle était brune et si, par hasard, vous préfériez les blondes, ou inversement, vous ne m'écouteriez plus. Je vous dirai simplement : Hélène était étendue sur un canapé lorsque Dorothée annonça le capitaine Jacques.

Le capitaine Jacques était l'ami intime de mon héroïne, que, pour la commodité du récit, je nommerai Hélène, parce qu'elle ne se nommait pas ainsi.

« Capitaine, je vous croyais mort, dit Hélène.

— Mademoiselle, je ressuscite pour vous conter une histoire.

— Une histoire de l'autre monde ?

— Oui.

— Si l'histoire est jolie, je vous pardonnerai.

— D'être ressuscité ?..... Merci.

— J'écoute.

— Connaissez-vous Auxonne, cette grosse grenouille verte qui regarde amoureusement couler la Saône ?

— Non.

— Eh bien, moi qui connais Auxonne , je pourrais vous la décrire si je ne tenais à vous entretenir de M. Jean Philibert, qui y passait ses journées à la pêche et ses soirées en tête-à-tête avec un perroquet jaune. Ce perroquet venait de l'Inde, où il était brahmane, du temps de Salomon, dans une pagode rose, au bord du Gange.

— Cher monsieur, de quelle maladie êtes-vous mort?

— D'une maladie de cœur.

— Ah!... Continuez.

— Ce brahmane fut condamné à trois mille ans d'existence pour avoir dit à une jeune fille , sur la lisière d'un champ de riz, que ses yeux étaient plus grands que ceux de Cita, la déesse aux yeux d'or. Voilà pourquoi il passait les soirées en tête-à-tête avec Jean Philibert, qui était amoureux d'un rayon de lune.

— Et M. Jean Philibert était payé de retour?

— Forcément.

— Forcément?

— Eh oui! forcément.—Tenez, vous êtes trop charmante; aimez un rayon de lune. Les hommes sont stupides ; ils se jettent, comme des hannetons, dans la toile d'araignée de l'amour. Ils donnent un coup de patte par ci, un coup de tête par là, et ils changent en grosse boulette grise ce fin tissu velouté comme la flamme, brillant comme un soir de juillet, qu'il ne faut toucher qu'avec son cœur et ne regarder que les yeux fermés. Tandis que les rayons de lune..... Retournons dans la ville d'Auxonne.

— J'y suis.

— Très-bien.—Une nuit, Jean Philibert, la main sur le bouton de la porte, regarda le clocher où bavardaient les cloches et il se dit : « Nous sommes au 24 décembre, la ville fait réveillon. » Il ouvrit la porte, et le perroquet jaune cria de sa voix enrouée : « Noël, maître Jean ! Noël ! Faisons réveillon comme monsieur le maire et messieurs les officiers de la garnison. — Avec plaisir, mon vieux, avec plaisir, répondit Jean Philibert, j'y songeais ; mais nous ne nous amuserons pas beaucoup.

— Et la fleur de lotus qui est avec toi? — Sois la bienvenue, fleur de lotus, le brahmane te salue. »

Le perroquet s'adressait à une femme que Jean Philibert n'avait pas vue entrer. Cette femme était le rayon de lune auquel il songeait pendant que le bouchon de sa ligne voguait entre les nénuphars de la Saône. Il en fut navré, parce que sa barbe n'était pas faite.

La femme s'assit devant le feu et, pour mieux chauffer ses petits pieds, elle releva un peu plus haut que la cheville sa jupe de mousseline étoilée d'or.

Ces petits pieds étaient charmants ; ils ressemblaient

aux vôtres.—Je parierais que si vous mettiez une robe de mousseline étoilée d'or, le perroquet jaune dirait en vous voyant : « Sois la bienvenue, fleur de lotus. »

— Vous croyez?

— J'en suis certain.—Jean Philibert, qui n'avait contemplé que dans un rayon de lune si mignonnes chevilles, tomba suffoqué sur un fauteuil, et le perroquet jaune se hâta de dire : « Étoile de l'Orient, votre cheville est plus fine que celle de Cita, la déesse aux pieds d'ambre. Si mon maître était rasé, il vous l'aurait déjà dit. »

Jean Philibert, en tâchant de comprendre et en ne comprenant pas comment un rayon de lune pouvait s'asseoir devant son feu, s'endormit.

Pauvre Jean Philibert! il se réveilla en sursaut et sur une patte dans le corps du perroquet jaune. . . .

— Permettez, capitaine, combien avez-vous pris de verres d'absinthe ?

— Deux, et le second avait de la gomme.

— Vous auriez dû mettre aussi de la gomme dans le premier : vous êtes, je le crains, un peu...

— Non, mademoiselle, je ne suis pas gris ; mais...

— Vous êtes jaune et vous avez le bout des ailes bleues ?

— Peut-être. — On étouffe. Si vous voulez venir avec Dorothée à la pointe Pescade, je vous conterai l'histoire du lotus et du perroquet.

2

L E père d'Hélène était mort, et l'oncle qui l'élevait naviguait généralement..... entre Alger et Rio-Janeiro. C'était un original. Sous prétexte qu'il aimait mieux les églantines que les roses du Bengale, il laissa sa nièce pousser sans jardinier.

Lorsque Jacques fit la connaissance d'Hélène, elle était ignorante comme une hirondelle. — Tout le jour elle jouait sur son canapé avec sa pantoufle, ou elle regardait les papillons voltiger sur les lentisques.—Il lui apporta les grands poëtes, et elle les comprit si bien qu'il regretta, peut-être, de les lui avoir apportés.

Hélène était une ravissante enfant qui commençait à être femme. Elle avait des yeux admirables, de ces beaux yeux qui ne disent rien aux indifférents, de ces grands yeux durs dont les paupières ont besoin d'être bleuies.

Le capitaine Jacques n'était ni jeune ni vieux, ni petit ni grand, ni beau ni laid. — Lorsqu'il était triste, il causait avec Papillon, son chien noir.

Il était un peu fou ; mais sa folie n'était pas dangereuse, comme vous pourrez le voir par cette page prise au hasard dans ses mémoires :

Dormans, 1ᵉʳ août 186...

A Dormans, il y a une petite église; une église si jolie que les hommes ont barbouillé sa nef en jaune et que les hirondelles ont brodé avec leurs nids ses baies martelées, ses roses sans vitraux.

L'église est bien jolie; mais je suis bien triste. Julie ne m'aime plus. Un portrait me l'a dit; un beau portrait de femme brune dont les mains sont plus petites que la bouche, et la bouche plus petite que les yeux. Ce portrait est accroché au mur d'une chambre, au-dessus d'une commode, chez mon hôte qui est menuisier.

En entrant, je me suis écrié : « Sacrebleu, le beau portrait! » Le portrait m'a répondu : « Julie ne t'aime plus. » J'ai ri; mais le portrait ayant répété : « Julie ne t'aime plus! » Je suis devenu si pâle que la menuisière m'a demandé si j'étais malade.

Je n'étais pas malade, j'étais mort.

Oui je suis resté mort, pendant une seconde. Dans cette seconde, mon âme, sous la forme de deux papillons, l'un noir et l'autre bleu, a voltigé dans une étoile où les fleurs étaient ce que j'avais fait de bien sur cette terre et ailleurs.

Les deux papillons se posèrent sur un églantier dont les branches étaient mes amours. Le buisson était gros comme un chêne; mais il n'avait qu'une seule rose. Le papillon bleu se cacha dans la rose et le papillon noir redescendit seul dans la chambre

*où la menuisière me regardait, effrayée. Je lui de-
mandai un verre d'eau et, pendant qu'elle me le don-
nait, le portrait me dit encore : « Julie ne t'aime
plus ! »*

*Il paraît que l'âme de l'homme est composée de
deux âmes dont l'une a des ailes bleues et l'autre
des ailes noires. Tant que l'on est aimé, les deux
papillons volent l'un près de l'autre, et les ailes
bleues cachent les ailes noires ; mais lorsqu'on n'est
plus aimé, le papillon bleu monte dans l'étoile où
fleurit la rose d'amour, et le papillon noir voltige
de votre tête à moitié vide à votre cœur tout à fait
vide.*

*Je ne suis pas à moitié mort ; je suis tout à fait
mort ; je ne vivais que pour elle.*

Vous voyez, par cette page, que le capitaine Jacques
était un de ces fous qui croient l'âme immortelle, un
de ces niais qui cherchent dans l'amour autre chose
que la volupté, un de ces êtres dangereux qui regardent
la mort. Mais vous voyez aussi, par le commencement
de cette histoire, qu'il avait oublié Julie.

3

DANS la batterie, Jacques conta ainsi l'histoire
du lotus et du perroquet.

« Le Gange traverse une plaine herbeuse, semée de

bouquets de bois où des lianes flottent de la tête ronde des palmiers aux bras noueux des figuiers gris.

« Du temps de Salomon, deux tribus, l'une riche en vaches, l'autre riche en chevaux, occupaient cette plaine. Elles vivaient en paix ; mais jamais un homme de l'une n'allait chercher une femme dans l'autre : — les guerriers étaient trop fiers de leur force, les brahmanes trop fiers de leur science.

« Les brahmanes avaient sur la rive gauche une pagode rose ; sur la rive droite, les guerriers avaient un palais de porphyre.

« Un matin, un jeune pasteur qui cherchait ses vaches dans les roseaux vit une jeune fille descendre l'escalier de porphyre et entrer dans le fleuve. — Les eaux du Gange sont transparentes ; il oublia ses vaches.

« Pendant une semaine, il n'osa retourner au bord du fleuve ; mais il composa une poëme en douze chants dans lequel il comparait la baigneuse à l'antilope fauve, au magnolia couleur de lait, à la goutte de rosée que le soleil irise. Lorsque ses vaches rousses se couchaient à l'ombre, il leur déclamait son poëme, et les vers en étaient si doux que les petites vaches, les yeux à demi fermés, suivaient le rhythme avec leur tête.

« Le huitième jour, il se glissa dans les roseaux,

mais la jeune fille, au lieu de se baigner, s'assit sous un tamarin.

« Il s'en retourna triste, et il ajouta à son poëme un treizième chant dans lequel il demandait au Gange pourquoi la fille des soldats ne venait plus se refraîchir dans ses ondes. En cherchant les vers un à un, il devint jaloux de ces ondes qui pressaient entre leurs lèvres le torse couleur de miel. »

Ici, Hélène partit d'un éclat de rire.

« Ne riez pas, dit le capitaine ; si j'avais été le pasteur, j'aurais été jaloux comme lui. . . . .

« Savez-vous ce qu'il y a dans ces vagues qui laissent sur le sable des empreintes de baisers ? Il y a une grande âme, et je suis jaloux de ce que je sens plus fort que moi. . . . .

« Le lendemain, le pasteur traversa le fleuve et se cacha derrière le tronc du tamarin.

« Lorsque la dernière étoile pâlit, la jeune fille descendait le perron du palais ; elle vit le pasteur et, au lieu de s'enfuir, elle vint s'asseoir près de lui. . . . . .

. . . .

« Le tamarin était à la lisière d'un champ de riz et, au milieu du jour, le pasteur disait : « Tes yeux sont plus beaux que les yeux de Cita, la déesse aux yeux d'or.

— Il faut fuir où personne ne pourra nous rejoindre, répondit la jeune fille en l'entraînant vers le fleuve.

« Il y avait, au milieu du courant, une touffe de lotus. Les deux jeunes gens, beaux comme des Dieux, nagèrent vers elle.

« Lorsqu'ils l'atteignirent, l'eau du Gange bouillonna et ils disparurent. »

— Mon histoire vous plaît-elle ?
— Elle est jolie.
— J'oubliais de vous dire, en terminant, que l'âme du pasteur passa dans le corps d'un perroquet jaune.
— Et l'âme de la jeune fille ?
— Dans le corps d'une belle enfant.
— Je la croyais dans un lotus bleu.
— Adieu, mademoiselle. »

Le capitaine se leva et partit ; mais Papillon, avant de le suivre, lécha la main d'Hélène. Les chiens ont, parfois, plus d'esprit que leurs maîtres.

4

HÉLÈNE trouva sur la fenêtre de sa chambre un bouquet de fleurs de fèves.

Les fleurs ont des âmes, et elles parlent. Chacune ne dit qu'une phrase ; mais dans cette phrase il y a une idée du Créateur. Les fleurs de fèves disent, au coucher du soleil : « Ouvrez vos cœurs à l'amour. »

Hélène n'osa pas écouter les fleurs de fèves, et comme il y avait, en face de la maison blanche, un bois dans lequel pouvaient se cacher un homme et un chien, elle éteignit sa lampe.

Le bouquet avait un parfum d'une douceur étrange.

En nattant ses cheveux, Hélène soupirait : « Pourquoi m'a-t-il conté cette histoire ? Est-ce pour me dire qu'il m'aime ? Il aurait pu me le dire tout simplement. »

Cette Hélène était une ravissante enfant. Elle se frappa le front et sonna Dorothée.

« Dorothée, lui dit-elle, as-tu aimé quelqu'un ?

— Moi ?... Jamais.

— Tant pis. Eh bien ! va-t'en.

— Me demander cela à moi... Se coucher sans lumière, causer pendant des heures avec un capitaine... »

Le bouquet avait un parfum d'une douceur étrange.

Hélène se blottit sous sa couverture. Dès que ses yeux se fermèrent, elle rêva. Assise sous un tamarin, à la lisière d'un champ de riz, elle écoutait Jacques lui lire un poëme. Le poëme achevé, il la prenait dans ses bras et se jetait avec elle dans le Gange. Puis elle entrait, sur un rayon de lune, dans la chambre d'Auxonne, où Jacques causait avec le perroquet jaune. Elle souriait, le capitaine disparaissait, et, au lieu du perroquet jaune, elle voyait un jeune homme drapé dans une robe blanche. Ce jeune homme ressemblait au capitaine; il lui disait : « Hélène, tu es telle que tu étais dans le palais de porphyre; moi, je suis tel que j'étais dans la pagode rose.

« Lorsque notre corps meurt, notre âme ne meurt pas; elle va... je ne sais où, mais elle revient d'où elle est allée.

« L'étincelle divine qui a déjà une fois animé la matière revient l'animer encore, doublée d'une étincelle nouvelle. L'étincelle neuve est brillante, la vieille est cachée dans la cendre. Si l'on souffle sur la cendre, la cendre s'envole, et les deux étincelles pareilles brillent du même éclat.

« Hélène, j'ai soufflé sur la vieille étincelle pendant la nuit de Noël, et je t'ai vue. Tu étais si belle que j'ai soufflé encore sur la cendre de la vieille étincelle, et la cendre a volé sur l'étincelle neuve. »

Hélène s'éveilla et courut à la fenêtre. Le bouquet, diamanté par la rosée, avait un parfum d'une douceur étrange. Elle en détacha une fleur, et elle la glissait dans son corsage, lorsque, étonnée, elle prêta l'oreille. Elle ne reconnaissait plus le bruit des flots. — Les vagues, en touchant la côte, vibraient comme les cordes d'une lyre; la grande mer chantait une symphonie sublime.

Elle attendit Jacques le soir, mais il ne vint pas. Elle l'attendit tout l'hiver, et il ne vint pas. Pourtant elle entendait souvent, la nuit, un aboiement qui ressemblait à celui de Papillon, et, chaque semaine, elle trouvait un bouquet sur sa fenêtre.

Jacques ne venait pas, parce qu'il savait que la fleur d'amour s'épanouit dans la solitude.

5

CHAQUE jour, Hélène devenait plus belle. Au printemps, elle ressemblait à ces fins et énergiques profils ciselés dans l'agate par les artistes de Syracuse. Son front s'était élargi, ses yeux s'étaient ouverts, les coins de sa bouche s'étaient légèrement relevés, et ses cheveux, pleins de séve, se tordaient sur sa nuque.

Ah! c'était une femme, une vraie femme; il y avait en elle l'éclat du soleil et la profondeur de la nuit, la douceur des lacs et l'implacable colère de l'Océan. Ce n'était pas une femme comme en créent les arrangeurs de mots—un être éthéré, moitié nuage, moitié lueur — c'était une vraie femme aux lèvres rouges, à la poitrine large.

Les vraies femmes sont comme les vrais poëtes; elles tombent souvent, parce qu'elles veulent marcher

trop vite ; elles meurent souvent seules, parce que
personne n'a pu les suivre.

Au printemps, les joues d'Hélène étaient pâles.

6

Au printemps, les joues d'Hélène étaient pâles, et
Jacques ne revenait pas. . . . . ·
. . . . ·
· Il est évident que Jacques revint, car s'il n'était pas
revenu, mon histoire n'aurait qu'un commencement et
point de fin, ce qui serait contraire aux lois les plus
simples de l'esthétique. Je pourrais, je devrais même
vous dire ce qui se passa alors ; mais cela m'ennuierait,
et comme je tiens à vous amuser, je vais vous parler
d'autre chose.

Si je vous parlais un peu de moi ?

Je suis né dans un château.

Dans ce château, une jument grise aux jambes
raides sommeillait seule dans un coin de l'écurie, le
chenil servait à ranger les sarments, les poules pon-
daient sur les coussins des carrosses sans roues. Les
caves n'avaient plus de portes, les citernes plus d'escaliers, les serres plus de châssis, les fenils plus de
planchers ; mais je trouvais dans les greniers de vieux

harnais, de vieilles armes, de vieux *habits*, de *vieilles* robes. Je m'habillais en chevalier, je m'habillais en moine; j'éventrais à coups d'épée les fauteuils boiteux et je faisais de longs sermons aux portraits noircis qui grimaçaient sur les murailles.

Dans ce château, le pas-d'âne rongeait les gazons, les ronces pendaient des terrasses crevassées; *mais* les merles sifflaient dans les hautes charmilles, et le ruisseau chantait gaiement sur les racines des noyers. Je poursuivais les grillons dans les allées herbeuses, je me tressais des nids d'osier à la cime des frênes, je pêchais des grenouilles dans les bassins verdâtres, et, les nuits de lune, j'allais épier au bord du canal la princesse aux yeux dorés.

Une veillée, en plumant un canard, Françoise la cuisinière m'avait conté l'histoire de cette princesse. C'est une bien belle histoire; jugez-en par vous-mêmes.

Les branches du tilleul disent, les nuits de lune : « Nous avons vu, dans la prairie, deux chevaliers montés sur deux chevaux. Ils se sont battus du soir à l'aurore.

— Ce sont deux fantômes damnés, disent les noisetiers, deux frères que Dieu a maudits, parce qu'ils se sont tués pour une princesse dont les cheveux noirs tombaient jusqu'à terre, il y a cent ans.

— J'ai vu la princesse, dit le châtaignier, peigner ses cheveux sur le grand canal. Je l'ai vue pleurer quand les chevaliers baissèrent leurs lances, il y a cent ans. Je l'ai vue peigner ses longs cheveux noirs, je l'ai vue pleurer comme les fougères pleurent après le brouillard.

— Il y a cent ans, j'ai vu le hibou, dit le vieux frêne, cacher dans son trou les yeux dorés de la princesse pâle.

— Jamais, jamais, soupirent les sapins, les yeux dorés ne dormiront ; le hibou les a portés dans le creux du noyer. »

Heureusement, je n'ai jamais vu la princesse pâle, parce que, si je l'avais vue, j'aurais été amoureux et elle m'aurait noyé comme elle avait, dit-on, noyé mon grand oncle le chevalier de Malte.

Ne pouvant aimer la princesse pâle, j'aimai ma tante Thérèse, dont les cheveux bleuissaient au soleil, dont les yeux bruns étaient semés de points d'or. Ma tante Thérèse ne me noya pas, elle m'apprit la chanson de Roland et me fit perdre l'habitude de courir pieds nuds.

Elle dort maintenant dans le cimetière au milieu des vignes, et des liserons poussent sur sa tombe.

Que ma maîtresse me ferait enrager si je l'aimais autant que j'aimais ma tante ! mais que je voudrais être aimé comme je l'étais alors ! Quand je rentrais,

mouillé jusqu'aux genoux, la tête pleine de toiles d'a-
raignées, les mains sales, je me glissais dans sa chambre. Elle me peignait, elle me brossait, elle versait sur
mes mains de l'eau qui sentait bon, elle nouait ma
cravate, puis elle me montrait de belles gravures ou
me chantait des morceaux de Mozart.

Elle était de celles qui regardent ailleurs.

Des liserons ont poussé sur sa tombe et mon cœur
est caché dans une clochette rose. Voilà pourquoi ma
maîtresse ne me fait pas damner.

Ne répétez pas cela à ma maîtresse; elle croit que
je mourrais de peur si elle fronçait le sourcil. Ne lui
répétez pas cela; par esprit de contradiction, elle serait
capable de m'aimer, ce qui serait bien triste pour moi
et bien malheureux pour elle.

A la mort de ma tante, je devins sauvage. Au lieu de
rôder comme avant dans le parc, je m'enfonçais dans
les forêts de hêtres, j'errais sur les crêtes où la bruyère
est rase, je rampais sous les ronces qui se croisent sur
les torrents. L'hiver, j'allais sur les plateaux où le vent
empêche la neige de s'amonceler.

Lorsqu'on me demandait ce que je faisais là-haut,
je répondais : « Je n'y fais rien. »

Je n'y faisais rien, en effet; je marchais, au hasard,
sans penser, mangeant des airelles, cueillant des bouquets, grimpant sur un arbre parce qu'il était haut,
sur un rocher parce qu'il était à pic.

Au lit je relisais les livres que j'avais vu lire à ma tante.
Je ne savais pas l'orthographe et j'étais très-heureux.

Les amis de la famille disaient : « Ce sera un bon
paysan qui aimera la chasse. »

Les amis de ma famille étaient des hommes de sens,
pourtant je ne suis pas paysan et je n'aime pas la
chasse. C'est la faute du hasard.

Un soir — j'avais dix-sept ans — la nuit me surprit
sous les sapins. Les lichens gris flottaient comme des
rideaux de mousseline, et les troncs lisses ressemblaient à des colonnes de marbre vert. Je peuplais
ce palais mystérieux, — pour la première fois, depuis la mort de Thérèse, je me donnais la peine de
penser, — lorsque je vis au pied d'un rocher, près
d'une hutte en éclats de hêtre, un homme et deux
femmes, l'une vieille, l'autre jeune. L'homme taillait
à coups de serpe une pelle à remuer le blé, la femme
tressait une corbeille et la jeune fille frappait avec son
sabot sur des tisons qui s'éteignaient : « Père, dis-je
au vieillard, je me suis perdu en voulant descendre à
Renaison. Y a-t-il place pour moi dans la hutte ? »

— La hutte est trop petite, » répondit le vieillard.
La femme lui parla bas. « Puisque vous êtes le monsieur, reprit-il, nous nous serrerons un peu.

La jeune fille était jolie comme un diable qui aurait
volé le corps d'un ange. On ne voyait d'abord que ses

yeux veloutés, dans lesquels, par instants, passaient des lueurs. Le blanc en était azuré, et, quand ses paupières bleuâtres se rapprochaient, ses cils dépassaient la saillie de ses sourcils. Des bandeaux d'un noir fauve cachaient son front. Entre ses lèvres épaisses, ses dents pointues ressemblaient à des gouttes de rosée. Sa voix avait le timbre du cristal, ses joues la transparence et la teinte d'un grain de chasselas. Elle s'appelait Régoulaï.

« D'où êtes-vous ? demandai-je au vieillard.
— Du village des Charguerauds. »

Ma tante Thérèse m'avait souvent parlé de ce village, bâti au milieu des bois sur un rocher qui domine les plaines de l'Allier et de la Loire.

Ma tante croyait que le village des Charguerands était un débris de ces tribus mores qui se fixèrent, après la bataille de Poitiers, dans les montagnes du Lyonnais. Elle avait probablement raison.

Je me couchai dans un coin de la hutte, sur un tas de bruyère ; il me fut impossible d'y rester — d'autres avaient certainement dormi là-dessus — et j'allai m'asseoir devant le feu.

Dans ce temps-là, je connaissais à peine le nom du prophète, et, devant le feu, je ne songeais pas à la bataille de Poitiers ; mais, dans ce temps-là, j'avais dix-

sept ans, et je songeais aux grands yeux de Régoulaï,
lorsqu'elle sortit de la hutte le doigt sur les lèvres.
« Venez, » me dit-elle tout bas.

Je la suivis, et des nuages rouges passaient devant
mes yeux lorsqu'un rayon de lune tombait sur sa jambe
nue. Elle monta jusqu'au dolmen de la Pierre du jour.
Là, elle se retourna et dit : « Me trouvez-vous jolie ? »

Je n'avais que dix-sept ans ; je balbutiai.

Elle bondit sur la large dalle et elle se mit à danser.
Son lourd jupon de futaine la gênait ; elle le dénoua. .

. . . .

Je n'ai plus dix-sept ans ! eh bien, si je ferme les
yeux, je vois encore cette fille, belle comme une
statue, tournoyer en chemise sur la table de granit. .

. . . .

Au lever du soleil, elle avait repris ses sabots et son
jupon de futaine ; mais nous étions cachés, dans un
trou, à la cime d'une roche. Elle me disait : « Tu
achèteras deux singes, une petite voiture, et nous
ferons les foires du côté de Lyon. » Je trouvais ce
projet très-réalisable et je la laissai pour aller chercher
mes économies.

Régoulaï était la petite-fille du vieux qui taillait des
pelles à remuer le blé ; son père n'avait fait que passer, sa mère était partie, on ne sait avec qui, et elle
avait été élevée par un oncle qui montrait des singes
dans les foires. Un matin, les gendarmes avaient emmené l'oncle, et le procureur impérial avait renvoyé

Régoulaï à son grand-père. Elle regrettait sa robe pailletée et les bravos de la foule, lorsque la Providence m'envoya vers elle.

En rentrant au château, je vis sur le perron mon cousin le colonel, la vieille et le vieux. Mon cousin le colonel souriait, la vieille tirait ses cheveux gris et le vieux frappait sur les marches avec son bâton.

Voilà pourquoi, au lieu d'être un bon paysan, je suis un conteur de folles histoires.

DE grâce, prêtez-moi un peu d'attention ; je rentre dans mon sujet.

Un jour, l'oncle d'Hélène revint du Brésil et ,comme cet oncle était le meilleur des oncles, il amena les passagers dans la maison blanche. — Jacques fut invité à prendre des sorbets avec eux.

Parmi ces passagers, les uns étaient spirituels, les autres ne l'étaient pas ; mais tous ils trouvèrent Hélène si belle qu'ils en devinrent amoureux, et Hélène en fut ravie. Hélène était un beau diamant fragile, une gracieuse abeille.

Jacques souriait si gracieusement qu'Hélène fut sur le point d'oublier les bouquets de fleurs de fèves.

Heureusement un passager proposa une promenade en mer.

La pointe Pescade doublée, le canot se balança mollement sur les grandes vagues, et Jacques, qui tenait la barre, dit à Hélène : « Mademoiselle, entendez-vous ce que dit la mer? — Elle dit que nous nous aimons, » répondit tout bas la jeune fille.

Jacques sourit, lança l'avant du canot sur une plage de sable, sauta à terre et disparut dans l'ombre de la falaise.

« Ce monsieur est un original, s'écrièrent les passagers. — Moi aussi, je suis un original, grommela l'oncle. »

Le soir, le vaisseau de l'oncle avait levé l'ancre, et Hélène rejoignait Jacques dans la batterie. En le voyant, elle chancela, puis elle lui sauta au cou. « Je t'ai donc fait de la peine hier? » lui dit-elle.

Hélène était une brave enfant.

Ils s'assirent sur le parapet qui surplombe, et ils causèrent longtemps. De quoi parlèrent-ils? Je ne sais. On oublie dès qu'on les a prononcées ces phrases charmantes, sans sujet et sans verbe, qui se disent autant avec la main et les yeux qu'avec les lèvres.

Lorsque Jacques se leva pour partir, il dit : « Vois comme la mer est bleue!

— Veux-tu? » répondit Hélène en se penchant.

Hélène était une brave enfant... Qu'auriez-vous fait si vous eussiez été à la place de Jacques?

— J'aurais...

— Vous auriez fait une sottise. — Jacques serra la main d'Hélène et dit à Dorothée qui levait les bras au ciel : « Emmenez mademoiselle ; la nuit est froide. » Il dit cela et il s'enfuit.

La batterie est fermée, du côté de la terre, par un mur sur lequel flottent de grosses touffes de clématites. Hélène s'arrêta sous la porte en ogive pendant que Jacques descendait l'escalier raboteux qui mène à la plage. Au premier palier, il se retourna et il vit, sous la voûte sombre, sa bien-aimée argentée par la lune. Hélène appuya les deux mains sur son cœur, puis elle les porta à ses lèvres et sa tête se renversa. Ses lourds cheveux arrachèrent leur peigne et la couvrirent jusqu'aux pieds d'un manteau d'étincelles.

Elle était belle comme Cita la déesse aux yeux d'or, lorsqu'elle marche lumineuse sur les eaux endormies du Gange.

7

Au lieu de suivre la route d'Alger, Jacques s'enfonça dans la ravine broussailleuse où se réunissent les ruisseaux de la Boudjareah. Il voulait regarder briller la lampe d'Hélène. Tout à coup une forme blanche barra le sentier. Papillon s'élança, les lèvres plissées; mais il s'arrêta, remua la queue et revint lécher la main de son maître. Jacques tressaillit en distinguant un haïck blanc rayé de rose. — « Aicha, que fais-tu ici? dit-il.

— Il m'a reconnue! soupira le blanc fantôme.

— Aïcha, que fais-tu ici? répéta Jacques.

— Je t'attendais. Depuis bien des semaines, je me cache, chaque nuit, pour te voir passer — tu m'as défendu de retourner chez toi — mais, aujourd'hui, je t'ai vu embrasser la Française, et je n'ai pas eu la force de me cacher. Adieu, mon capitaine, je t'aimerai toujours. Adieu! adieu! »

Elle s'enfuit du côté de la mer et Jacques continua son chemin vers la maison blanche . . . .

. . . .

CAUSONS pendant que Jacques regarde briller la lampe d'Hélène.

A Boghar, le Tell finit et le Sahara commence; on y passe beaucoup et on s'y arrête volontiers.

Ceux qui s'arrêtent à Boghar vont au pays de la mort ou ils en reviennent; ils ont tous à oublier une terreur ou un amour. Aussi Boghar est une ville de joueurs de flûte et d'almées.

Après la prière du soir, lorsque les chameaux ruminent, la tête sur le sable, lorsque les grandes juments

lèchent leurs flancs amaigris, lorsque l'Orient égrène
son collier d'étoiles, lorsque les feux flamboient, clairs,
devant les tentes brunes, un joueur de flûte s'appuie
contre un bât, et une almée, cachée sous un haïck
rouge, s'accroupit à ses pieds. Il tire du roseau quelques notes vibrantes, et les croyants, un à un, s'ap-
prochent. Il étend un tapis sur le sable, les croyants
s'assoient et l'almée se lève.

Elle se lève lentement, les bras croisés — son haïck
monte jusqu'à ses yeux, traîne jusqu'à terre — elle
entre dans le cercle, les bras croisés, et s'arrête, immo-
bile, au milieu du tapis. De vagues bruissements, des
notes traînantes comme des baisers peureux, comme
des appels lointains, sortent de la flûte. Les croyants
caressent leur barbe.

Une note siffle comme un serpent, le haïck rouge
tombe, et l'almée arrondit les bras au-dessus de sa tête.
Ses cheveux, tressés avec de la laine, s'enroulent autour de ses tempes comme les cornes du bélier; ses
yeux, allongés par le koheul, sont sans regard; ses
dents brillent entre ses lèvres entr'ouvertes, sa nuque
touche ses épaules, ses seins aigus se dressent.

Elle est nue jusqu'aux hanches, elle a sur le front
une étoile bleuâtre; la paume de ses mains est rouge,
et, sous la mousseline blanche, ses jambes ont la couleur du miel. Les croyants caressent leur barbe.

La flûte soupire, un derboucka résonne. L'almée ploie les reins et, lentement, lentement, elle tourne. Elle tourne lentement, et lentement sa poitrine s'élève et s'abaisse. Elle tourne lentement, et lentement ses hanches frissonnent. Ses yeux réfléchissent la lueur des étoiles, des soupirs étouffés gonflent son cou.

Un cavalier se dresse sur ses étriers, un nègre rit en attisant le feu, les croyants caressent leur barbe . .

. . . .

8

JACQUES rentrait à Alger en longeant la mer, la joie débordait de son cœur.

« Mon capitaine, cria une voix claire, mon capitaine, je t'aime ! »

Jacques leva la tête et vit Aïcha sur la crête de la falaise. Elle lui envoya un baiser et s'élança dans le vide.

Aïcha était une danseuse des Beni-Mezab que Jacques avait trouvée belle, un soir, sous les palmiers de Boghar.

Il la trouva belle un soir, et il partit le matin, parce que ses grands yeux veloutés ne laissaient pas voir son âme. Mais la fille du désert avait une âme, et elle

vint chercher à Alger celui qu'elle appelait son capitaine. Jacques aimait déjà Hélène. . . . .

. . . .

Laissons le capitaine emportant dans ses bras le
beau corps broyé — l'eau de la vie est déjà assez
terne, pourquoi vouloir encore la noircir en y jetant
de l'encre ! — et parlons de choses gaies.

J'ai pour ami intime un philosophe qui ne serait pas
plus bête que les trois quarts des philosophes s'il n'é-
tait complétement fou. Ce pauvre ami croit qu'il est
un druide. « Je n'ai pas, dit-il, écouté dans la grotte
les paroles du sage. Le pontife n'a pas murmuré à mon
oreille les trois mots qui commandent ; mais je sais ce
que savaient les druides et tout ce que l'humanité a
appris depuis eux ! » Il est très-drôle, parce qu'il est
convaincu.

Son livre favori est un recueil de vieilles maximes
bardiques du pays de Galles, dans lequel on lit des
choses comme celles-ci.

*Il y a trois cercles de l'existence : le cercle de la
région vide, où, excepté Dieu, il n'y a rien de vivant
ni de mort, et nul être que Dieu ne peut le traverser ;
le cercle de migration, où tout être animé procède*

de la mort, et l'homme le traverse; le cercle de la félicité, où tout être animé procède de la vie, et l'homme le traversera dans le ciel.

Les trois calamités du cercle de migration sont : la nécessité, l'absence de mémoire et la mort.

Trois choses seront rendues à l'homme dans le cercle de félicité : le génie primitif, l'amour primitif, la mémoire primitive, car, sans cela, il ne saurait y avoir de félicité. . . . .

A première vue, ces maximes ne sont pas claires; mais il paraît qu'en les méditant on en tire des conclusions étranges. Voici quelques passages d'une lettre que ce philosophe de l'avenir vient de m'écrire.

. . . .

Celui qui n'a pas eu de commencement était seul, contenant en lui tout ce qui a été, tout ce qui est, tout ce qui sera. Il pensa, et l'univers, beau comme un fiancé, s'inclina devant lui.

Il pensa, et le mal, qui n'est pas en lui, fut créé par sa sagesse pour permettre à l'univers de lutter et, par suite, de vivre.

Le mal n'est pas l'opposé du bien. Le bien est un but, le mal est un moyen ; le but atteint, le moyen sera anéanti.

Plus la créature se rapproche du créateur, moins la lutte est pénible. Le cristal lutte pour vivre, la plante lutte pour remuer, l'animal lutte pour penser, l'homme lutte pour comprendre.

Lorsque l'homme a compris, il quitte le champ de bataille où l'on est tantôt vainqueur, tantôt vaincu, et il va lutter encore où l'on est toujours victorieux. Mais l'homme n'étant qu'une partie d'un tout—l'humanité—il ne saurait être complétement heureux tant que le tout ne sera pas heureux, et, souvent, il redescend mourir encore dans l'arène pour avancer l'heure de la victoire définitive du bien sur le mal.

Ces hommes qui, volontairement, redescendent du cercle de félicité dans le cercle d'épreuves, sont des prophètes ou des poëtes. Des prophètes qui tracent la route de l'avenir, des poëtes qui l'éclairent. Ils ne sont pas compris lorsqu'ils parlent, parce qu'ils savent ce que les autres hommes ont oublié, ce que les autres hommes n'ont pas encore trouvé; mais. . . .

— Sidi ! les Chambas ont pris quatre hommes du goum et ils leur ont ouvert le ventre.

— Ah ! diable !

9

JE voudrais achever le récit interrompu si souvent des amours de Jacques et d'Hélène, mais ne sachant plus où j'en étais — depuis quinze jours, je poursuis ceux qui ont rempli de cailloux le ventre de mes cavaliers — je conclus en deux mots.

Je suis le capitaine Jacques, Hélène n'a jamais existé, et je vous ai conté un rêve d'amour.

L'ENSEMBLE de cette histoire est un rêve ; mais les détails sont réels.

De ci, de là, dans les taillis et sur le sable, sous les sapins et dans les roseaux, à l'aurore et le soir, j'ai cueilli des fleurs, de belles fleurs fières, de pauvres fleurs pâles, des boutons qui s'ouvraient étonnés, des grappes qui se penchaient frissonnantes. Au lieu de mettre dans un herbier ces fleurs des bois, ces fleurs de serre, au lieu de les coller sur une feuille de papier blanc sous un nom et une date, je les ai mises où tombent mes bonnes larmes.

La vie a jeté ses cendres dans mes yeux, et je crois qu'elles ont séché la source de mes bonnes larmes ; mais, sur les fleurs de ma jeunesse, les larmes du passé se sont changées en liqueur.

Maintenant, je vais ciseler dans un morceau d'acier une coupe pour ma vieillesse, une coupe dans laquelle, goutte à goutte, je boirai la liqueur enivrante des fleurs de l'été.

Quand ma main laissera échapper la coupe vide, je
fermerai les yeux, et mon âme en s'envolant dira :
« Belle terre fleurie, je te quitte sans regrets ; mais je
te quitte sans haine. Terre de l'exil, tu as été douce
pour moi, et je ne t'oublierai jamais dans la patrie
lumineuse. »

Aguzza qui, lettor, ben gli occhi al vero;
Chè 'l velo è ora ben tanto sottile
Certo, chè 'l trapassar dentro è leggiero.

(DANTE.)

À égale distance de la rivière de Crach et de la presqu'île de Quiberon, à l'extrémité d'une immense lande semée de petits hameaux, entre les vagues qui grondent et les pins qui chantent, au milieu de dolmens et de menhirs, une cinquantaine de maisons blanches se pressent autour d'un clocher gris.

Ce clocher gris est le clocher de Saint-Corneille,

patron des animaux et des pauvres d'esprit. Ces maisons blanches sont les maisons de Carnac.

A lande est charmante lorsque les feuilles du chêne rougissent au-dessus des lavoirs, lorsque les saules gris brillent au milieu des prés, lorsque l'Océan, endormi, étend ses longs bras bleus entre les meulons de sel et les îlots dorés.

Sous le dolmen de Plouharnel, j'ai rencontré une jeune fille. Elle m'a conté la légende de Merlin l'enchanteur.

I

Le fils de Konan-Mériadek, le grand roi d'Armorique, régnait sur l'île de Bretagne, et les vaches paissaient en paix.

Les Pictes n'osaient plus descendre des montagnes, les Saxons n'osaient plus s'approcher des côtes, et les bardes, les doigts chargés d'anneaux d'or, chantaient dans les longs festins.

Les tonneaux étaient pleins de bière, les vergers pleins de pommiers, les maisons pleines d'enfants.

Une nuit, Guortigern le vassal tua le roi son maître et exila ses deux frères, Embreiz au large bouclier, et Uter à la lance aiguë.

Guortigern est roi, grâce aux Saxons à qui il a donné la moitié du royaume volé par lui ; mais il a peur, et de ses alliés qui demandent toujours, et de ses sujets qui songent à Embreiz l'exilé. Il a si peur qu'il veut élever une tour sur un plateau inaccessible.

Des milliers d'ouvriers se mettent à l'ouvrage ; mais la nuit tout ce qu'ils ont fait pendant le jour disparaît. Alors les devins, qui avaient appris la magie chez les Saxons, dirent à Guortigern : « Prends un enfant sans père, arrose avec son sang les fondations de la tour, et elle ne s'écroulera plus chaque nuit. »

On amena au roi un jeune garçon qui était né d'une vierge et d'un esprit de l'air.

« Tes devins prétendent qu'il faut arroser avec mon sang les fondations de cette tour, dit l'enfant ; mais savent-ils ce qu'il y a au-dessous de nos pieds ? »

Les devins ne le savaient pas.

Alors l'enfant dit : « Il y a au-dessous de nos pieds un bassin plein d'eau, et dans ce bassin une grande coquille. »

Le roi fit creuser la terre, et on trouva le bassin. Il fit vider le bassin, et on trouva la coquille.

« Savez-vous ce qu'il y a dans cette coquille ? » demanda l'enfant aux devins.

Les devins ne le savaient pas.

Alors l'enfant dit : « Il y a dans la coquille un drapeau, et dans ce drapeau un serpent blanc et un serpent rouge. »

On ouvrit la coquille, on déploya le drapeau et on vit les deux serpents. Les deux serpents s'attaquèrent, et, après une longue lutte, le serpent rouge tua le serpent blanc.

« Que signifie cela ? demanda Guortigern.

— Cela signifie, répondit l'enfant, que les Bretons, qui ont pour emblème le dragon rouge, lutteront contre les Saxons que tu as appelés et qui ont pour emblème le dragon blanc. Les Bretons lutteront long-temps ; mais ils finiront par être vainqueurs.

— Qui donc es-tu ?

— Je suis Merlin, et toi tu n'es plus roi. »

Un cavalier galopait dans la plaine ; il annonça à Guortigern qu'Emerik venait d'être proclamé roi.

II

PENDANT douze ans, Emerik batailla contre les
Saxons, et il les chassa avec l'aide de Merlin.

L'enfant était devenu un homme beau comme un
cerf, fort comme un frêne, et l'homme était un barde.

Lorsque le dernier Saxon se rembarqua, Merlin dit à
Emerik : « Adieu, roi mon maître ; tu n'as plus besoin
de mon aide maintenant, et je vais dans les bois demander aux feuilles des conseils pour l'avenir. Adieu,
roi mon ami, je vais dans les bois, au bord des fontaines ; les regards des jeunes filles ne me font pas
frissonner, et le cœur a besoin d'amour. »

Emerik, pour se consoler du départ de son barde,
voulut élever aux guerriers morts dans la lutte sainte
un monument impérissable. Il consulta les plus habiles
maçons ; mais les maçons ne savaient pas construire
de monuments impérissables, et il alla consulter
Merlin.

Merlin lui dit : « Il y a en Irlande, au sommet
d'une montagne, des pierres rangées en cercle. Le
temps usera ses ailes sur leurs arêtes vives. Envoie-

les chercher, et fais-les dresser ici comme elles sont
dressées là-bas. »

Emerik envoya son frère Uter et quinze mille
hommes chercher, en Irlande, les pierres fées.
Merlin tenait la barre du vaisseau d'Uter.

Les Bretons débarquèrent en Irlande, et ils trouvèrent les pierres ; mais elles étaient si lourdes que,
malgré leurs efforts réunis, ils ne purent en ébranler
une seule.

Alors Merlin joua de la harpe, et les pierres se
mirent en file. Il se dirigea vers la mer, et les pierres
le suivirent sur la lande. Il remonta sur le vaisseau
d'Uter, et les pierres le suivirent sur les flots.

Elles le suivirent jusque sur la plaine où étaient
tombés les braves guerriers. Là, il cessa de jouer, et les
pierres se rangèrent comme elles étaient rangées sur la
montagne d'Irlande.

« Emerik, dit-il au roi, tu dois mourir bientôt ; mais
ton nom ne mourra pas. Adieu, ami, je t'embrasse pour
la dernière fois. Nous nous retrouverons où aborde le
vaisseau de cristal. »

Merlin retourna dans la forêt, et Emerik mourut
comme il avait été prédit. Uter à la lance aiguë lui
succéda sur le trône de Bretagne.

III

U TER aima la reine de Cornouailles. Il en eut un
fils, qu'il appella Arthur, et il mourut.

Alors Merlin quitta sa solitude, et, pendant quinze
ans, il instruisit celui qui devait être le héros breton,
l'homme à la main lourde. Puis il lui forgea une épée
invincible, et il retourna dans ses bois.

Pendant qu'Arthur, victorieux, parcourait le monde,
Merlin le suivait avec son âme, et, lorsqu'un danger
le menaçait, il empruntait, pour le rejoindre, les ailes
d'un corbeau, les nageoires d'un saumon.

Un jour, Merlin se pencha sur une fontaine, et il
vit, comme dans un miroir, la cour d'Arthur. Il vit la
trahison assise près du roi, il vit l'étranger presser le
genou de la reine aux cheveux d'or; mais il dut obéir
à Celui qui commande, et il s'endormit les yeux pleins
de larmes.

Lorsqu'il s'éveilla, les Pictes avaient été vaincus à
Camlan, Médrod le félon était mort, et Arthur avait
été porté par les fées dans l'île qui flotte sur l'Océan.

Le troupeau n'avait plus de berger. Merlin ramassa
la houlette sanglante.

Il régna longtemps. Les hommes qu'il avait vus naître moururent de vieillesse autour de lui, et il restait toujours jeune, toujours fort.

Il régna longtemps, n'aimant que les Bretons et sa sœur Ganièda, Ganièda la blonde fille de l'esprit des chênes, Ganièda qui avait épousé un roi.

Mais les vieillards mouraient, et leurs fils, qui n'avaient pas connu Arthur, aiguisèrent leurs haches pour une lutte fratricide. Ils se battirent sur le sable, au fond d'un golfe. Leur sang rougit les vagues.

Lorsque Merlin vit les vagues sanglantes battre les rochers de granit, il brisa sa harpe, et, les bras étendus, il s'enfuit sur la bruyère.

Il était fou.

Maintenant, il erre dans les forêts de chênes, ne voyant que l'avenir.

Voila la légende que m'a contée, sous un dolmen, la vierge d'Armorique.

ERMAU est un vieux châtelet blotti sous de vieux chênes.

Entre la mer et lui, d'étroites prairies se tordent le long d'un ruisseau de cristal.

Je ne veux pas vous décrire Kermau. Une photographie même ne vous en donnerait pas une idée, car une photographie ne vous dirait pas que ses murs moussus sont roses comme des joues de chérubins, que son toit aigu miroite comme la gorge d'un ramier, que le lierre qui le brode est vert comme une émeraude, que la mare qui le baigne est moirée comme une cuirasse de Milan.

Il se compose d'un corps de logis flanqué de tourelles, ses fenêtres ont des croisillons légers comme des tiges de volubilis, et les lucarnes de son toit ressemblent à des fers de lance.

De la route d'Auray, vous l'apercevrez entre la lande et un bouquet de chênes.

Son jardin, entouré de terrasses, est planté de pommiers, et, dans l'angle qui regarde le soleil levant, deux larges dalles recouvrent deux tombes.

Allez à Kermau et vous saurez l'histoire de la fée et du templier qui dorment sous les pommiers.

Allez à Kermau cueillir les violettes blanches se-
mées par la fée.

J'AI rencontré, sous les pins de la rivière de
Crach, la vierge bretonne ; elle était couron-
née de verveines, et elle m'a parlé de Merlin
l'enchanteur.

I

CELUI qui a été roi est fou depuis le soir de la
grande bataille où les frères se sont égorgés.

Lorsqu'à la clarté de la lune il vit les flots rouges,
il brisa sa harpe, il arracha sa couronne et il s'enfuit
dans les bois.

Il erre seul dans les bois. Il ne mange que les baies
des buissons, que les racines de l'herbe. Il dort nu
sur la terre nue, et il n'a pour compagnon que le loup
qui léchait sa main quand il était roi.

Il rampe comme un ours, il court comme un sanglier, et les corbeaux disent à leurs petits : « Voyez

celui qui fut barde ! » Il rampe comme un ours, il court comme un sanglier, et les biches disent à leurs faons : « Voyez celui qui fut roi ! »

Mais la neige cache l'herbe ; mais la gelée abat les baies des buissons. Alors Ganiéda se penche sur le barde couché près du loup, elle lui parle doucement et elle l'emmène.

II

Ganiéda a fait bâtir, dans la forêt de chênes, un palais pour son frère, un palais aux murs de granit percés de soixante portes et de soixante fenêtres.

Ganiéda, la blonde reine, ne va plus sous les saules parler d'amour aux pages. Ganiéda, la reine aux yeux pairs, lorsque le rossignol chante, n'écoute plus le rossignol ; elle se fait lire ce qu'a dit Merlin lorsque la neige blanchissait les bras noueux des vieux chênes.

Lorsque la neige blanchit les bras noueux des vieux chênes, Merlin vient avec son loup gris se chauffer devant le feu clair du palais de Ganiéda, la reine qui oublia ses pages pour consoler son frère.

Devant le feu qui pétille, Merlin jette au vent qui siffle les mots qu'il a lus l'été sur les épines des ronces, sous les feuilles des pommiers, et cent vingt secrétaires appuyés aux battants des portes, aux chambranles des fenêtres, écrivent sur le vélin les paroles du prophète.

Dès que les bourgeons s'allongent aux rameaux du noisetier, le devin qui fut roi s'enfuit dans la forêt.

Pendant que parlait la vierge d'Armorique, la rivière de Crach emportait à la mer des fleurs d'ajoncs.

Pourquoi veut-on persuader au peuple qui habite entre les Alpes et l'Océan, entre les Pyrénées et la Manche, qu'il est un rejet de la souche latine? Pourquoi toutes les bouches assermentées s'ouvrent-elles pour affirmer que quelques milliers de soldats ont rempli les veines vides de la Gaule?

Si je disais que l'Italie jusqu'au Tibre est gauloise, les plus graves de mes contemporains riraient aux

éclats, et pourtant les Gaulois ont occupé plus longtemps le nord de l'Italie que les Romains n'ont occupé le midi de la Gaule.

Pourquoi dire aussi que l'Angleterre est saxonne ?
Le pays de Galles est-il saxon ? L'Écosse, les îles,
l'Irlande, sont-elles saxonnes ?

Il y a en Europe trois sœurs, filles de la lumière :
la France, la Grande-Bretagne et l'Irlande ; le jour où
elles se tendront la main est proche.

Le vernis s'écaille sur le chêne.

LE moulin à vent de Kermau est perché sur
un tertre funéraire. Il a quatre ailes rouges,
un toit d'ardoises et une porte blasonnée.

Le meunier s'appelle Pierre.

Pierre n'aime pas les antiquaires. « Ces messieurs
de Vannes, me disait-il, sont de vrais rats ; ils creu-
sent partout. Ils ont creusé la butte Saint-Michel,
la grosse butte qui est là avec une chapelle dessus. Ce
sont des rats qui connaissent les bons endroits ; ils
ont trouvé dans la butte Saint-Michel un panier plein
de pierres précieuses.

« C'est égal, je ne voudrais pas être à leur place :
ils ont pris les pierres de la fée.

— De quelle fée ? lui dis-je.

— De la fée de Kermau. »

SI je vous contais l'histoire de la fée et du
templier comme Pierre me l'a contée dans
le moulin aux ailes rouges ?

I

RICHARD de Kermau, qui était orphelin depuis sa
naissance, montait chaque jour sur la butte
Saint-Michel pour regarder courir la meute du comte
du Lac, le seigneur de la rivière de Crach.

Un soir, il s'y endormit, et il ne fut éveillé que par
le veilleur frappant les douze coups de minuit sur la
cloche de Saint-Corneille.

Saint Corneille est un grand saint. Il est mort à
Carnac, après avoir changé en pierres les soldats du
païen qui le poursuivait.

Toute l'armée du païen est là, sur la lande.

On était à la première nuit de la pleine lune de juin.

En s'éveillant, Richard se frotta les yeux ; il ne voyait plus les pierres, et, quoique la nuit fût calme, la mer bouillonnait dans la baie de Saint-Colomban.

Les pierres n'étaient plus sur la lande parce qu'elles étaient allées à la mer, et la mer bouillonnait parce qu'elles y buvaient. Elles y vont une fois chaque année, et elles y iront jusqu'au jour du jugement. Alors saint Corneille les baptisera et leur ouvrira la porte des cieux.

Richard prit en courant le chemin de Kermau ; mais lorsqu'il fut au milieu des prés, il vit les pierres arriver sur lui. Il tomba à genoux et fit vœu à Notre-Dame de prendre la croix si elles se détournaient.

Dès qu'il tomba à genoux, une femme blanche toucha les pierres avec une branche d'ajonc, et elles s'écartèrent à droite et à gauche. Lorsque la dernière fut passée, la femme blanche disparut.

Le lendemain, Richard monta sur son meilleur cheval et s'en fut, à Vannes, se faire templier.

II

Un jour, Richard rencontra les païens près du lieu où saint Jean baptisait.

Le combat commença avec le jour et ne finit qu'à l'heure des vêpres. Ce fut une triste journée ; tous les templiers tombèrent les uns après les autres. Richard tomba le dernier.

Lorsqu'il fut à terre, il ne voyait rien, parce que le sang l'aveuglait ; mais il entendait les éclats de rire des païens, qui coupaient les têtes des chevaliers. Il entendait aussi l'acier grincer sur les os. Tout à coup il sentit que l'on délaçait son casque et il s'écria : « Ah ! Notre-Dame, vous qui avez écarté de moi les pierres de la lande, protégez-moi ! »

La visière de son casque se releva. Il était dans la prairie de Kermau, la lune brillait, et la femme blanche souriait.

Vous avez vu dans la butte Saint-Michel une grande tranchée que ces messieurs de Vannes on fait creuser l'année dernière ? Cette tranchée traverse une couche de cailloux, puis une couche de vase, puis une autre couche de cailloux, et conduit à une chambre dont les parois sont faites de grosses dalles et le plafond d'un seul rocher.

On y trouva trente-neuf haches en pierres de cou-
leurs différentes, de belles perles vertes et une bague
faite de petits grains blancs comme celles que l'on
vend à la foire d'Auray ; mais on n'y trouva pas de
corps.

Ces messieurs de Vannes prétendent y avoir ramassé
des cendres ; mais ils se trompent. La chambre de la
butte Saint-Michel est une prison dans laquelle saint
Corneille enferma une fée, le jour où il changea en
pierres l'armée du païen.

Les fées ne sont pas filles de l'enfer, et elles finissent toujours par se convertir. Aussi il n'y en a presque
plus maintenant, parce qu'il ne s'en fait pas de nou-
velles.

Lorsque les fées sont baptisées, elles deviennent
des femmes plus douces que les autres femmes.

En voyant la femme blanche devant lui, Richard
s'écria : « Ah ! Notre-Dame !

— Je ne suis pas la sainte Vierge, répondit l'appari-
tion, je suis une fée. Saint Corneille m'avait enfermée
sous la terre, parce que je noyais les pécheurs. J'ai
pleuré pendant mille ans, puis j'ai invoqué les saints
du paradis, et l'ange a ouvert ma prison.

« J'ai laissé sous la butte les haches avec lesquelles
je lançais le tonnerre, les perles vertes avec lesquelles
je gonflais la mer, la bague blanche avec laquelle

j'empoisonnais les fontaines, et j'ai été en terre sainte veiller sur les Bretons.

« Les nuits où les pierres vont boire, je reviens à Carnac pour les empêcher d'écraser les gens de la lande. Elles sont allées boire cette nuit, et, comme tu étais trop faible pour rester seul là-bas, je t'ai emmené avec moi. Passe la journée dans ton château, je te rapporterai à Jérusalem la nuit prochaine. »

Pendant que la fée parlait, Richard la regardait, et il la trouva si belle, si belle, qu'il en devint amoureux. « Blanche fée, lui dit-il, quand pourrez-vous vous faire baptiser par l'évêque de Vannes?

— Quand un chevalier m'aimera.

— Eh bien, portez-moi chez l'évêque. »

La fée porta Richard dans la cathédrale de Vannes.

III

Dans la cathédrale de Vannes, les vicaires avaient des surplis blancs, les cloches carillonnaient, et l'évêque dit : « Fée, l'ange Michel m'a annoncé ta venue, tu t'appelleras Margareth. »

L'évêque baptisa la fée. Le duc de Bretagne fut son parrain et la duchesse sa marraine.

Aussitôt après la cérémonie, Richard de Kermau s'approcha de la chrétienne et dit : « Maintenant que vous êtes une femme, voulez-vous m'épouser ? »

Margareth rougit; mais la duchesse s'écria : « Certainement, il faut qu'ils se marient! »

L'évêque releva le templier de ses vœux, et la noce se fit le jour même.

Comme Margareth n'avait pas d'armoiries, la duchesse lui donna les siennes.

Voilà pourquoi j'ai l'hermine de Bretagne sur la porte de mon moulin.

Richard et Margareth vécurent longtemps ; ils moururent le même jour, et je suis le dernier des comtes de Kermau.

'AI rencontré sur la grève la vierge bretonne. L'écume argentait ses pieds, les mouettes caressaient du bout de leurs ailes ses cheveux noirs ; elle m'a parlé de Merlin l'enchanteur.

* *

MERLIN pleurait, dans la forêt, ses beaux pommiers aux fruits vermeils, ses beaux pommiers tous égaux, lorsque Taliésin, le barde, l'appella par son nom.

« Merlin, Merlin, lui dit-il, je viens, près de toi, parler du passé ; car j'ai vécu dans cent îles, dans cent îles j'ai habité.

« Merlin, Merlin, lui dit-il, je viens, près de toi, parler de la création ; car j'ai été vipère sur la colline et perdrix dans les blés.

« Merlin, Merlin, lui dit-il, je viens, près de toi, parler de l'avenir ; car je me suis assis sur le trône vert, dans le cercle où la foi ouvre les yeux de la mort. »

Merlin répondit : « Toi qui as vu les eaux du déluge, dis-moi pourquoi l'hiver ne dépouille pas les *rameaux du sapin comme les rameaux du chêne ?. . .*
. . . . »

***
** **

I L faut que je parte !
    Adieu, vierge au grand front. Adieu, fille des landes. Adieu, brune gardienne des fleurs du passé.
    Viendras-tu t'asseoir près de moi quand j'allumerai ma lampe ? Mettras-tu ton bras sur le mien pendant les longues marches ?

Viens sans crainte, fille des druides ; tu trouveras sur ma table les livres qui parlent des Gaulois. Mets

ton bras sur le mien pendant les longues marches;
j'ai gravé sur mon sabre le mot de l'avenir.

AISSE-MOI dormir. Heureusement, il ne fait
pas jour, et j'ai le temps d'achever un beau
rêve. Les beaux rêves sont encore plus rares
que les lièvres. Bonne chasse, ami.

OYONS. J'étais devant un palais de marbre jaune
aux balcons découpés, aux minarets pointus re-
vêtus de faïence, aux dômes blancs. Des jasmins bro-
daient les terrasses, et des grenadiers se penchaient sur
les bassins d'albâtre du jardin ombreux, où de grands
citronniers semaient d'étoiles roses le sable argenté
des allées. Une femme apparaissait au balcon et......
Elle allait certainement me dire des choses charmantes, m'ouvrir la porte d'une chambre embaumée
et m'attirer sur un divan moelleux. Puis..... nous au-
rions fumé un narghilé et mangé des conserves de
roses dans des soucoupes de cristal..... Je n'ai plus
sommeil. Que le diable emporte les chasseurs!

LA femme qui apparaissait au balcon ressemblait à la gentille brune qui causait si gaiement hier avec la belle blonde, et le palais de marbre jaune n'était que le portrait idéalisé de la maison qu'elle habite.

Les rêves ne peuvent être que des souvenirs ou des pressentiments.

Si mon rêve était un pressentiment !

HIER, au bord de l'étang, sous les peupliers, dans les rayons du couchant, comme une vierge byzantine sur le fond d'or d'une chapelle, la fille des druides m'est apparue. Elle serrait sur son cœur une harpe à sept cordes, et elle m'a parlé de Merlin.

* *

LA vieillesse a tué le loup de Merlin, et le barde a porté son ami sur la plage qui regarde le coucher du soleil.

Tout un jour et toute une nuit il a porté dans ses bras le cadavre raide du vieux loup de Cornouailles,

parce que le sol de la forêt était trop dur pour y creuser une fosse.

Le barde qui fut roi, le barde qui sentit palpiter
sous sa main les cœurs au sang rouge, creusa le sable
avec ses ongles pour enterrer son loup.

Pourquoi es-tu mort, vieux loup des Gaëls? Si tu
n'étais pas mort, ils n'aboieraient pas si haut les
chiens de l'étranger.

Lorsque la fosse fut comblée, le barde s'assit sur le
sable et se mit à pleurer. Il disait, en laissant les
larmes mouiller sa barbe :

« Je ne t'ai jamais mis de collier et tu m'as toujours
suivi. Tu as dormi sous ma table et tu n'as jamais
mangé les os.

« Quant tu mourais, j'ai vu ton âme dans tes yeux
ternes, et ton âme était comme un bouclier d'or lorsqu'il sort de la forge.

« Que gravera l'Inconnu sur ce bouclier vierge?...
Je ne peux plus soulever le voile, j'ai brisé ma harpe!

« Nuage qui passes sur le ciel, descends sur mes
genoux! Mouette qui planes, donne-moi sept plumes
de tes ailes!

« Avec le nuage je ferai une harpe, avec les sept
plumes je ferai sept cordes et je soulèverai le voile. »

Le nuage passa sans s'arrêter. La mouette plongea
dans l'écume, et le barde cacha sa tête dans ses
mains.

Pourquoi es-tu mort, vieux loup des Gaëls? Depuis
que tu es mort, ils aboient bien haut les chiens de
ceux qui parlent latin!

Le barde avait caché sa tête dans ses mains, il ne
vit pas une vague qui venait de l'Occident, une vague
qui venait de la côte d'Érinn. Sur cette vague, était
couchée une femme aux longs cheveux.

La vague était verte comme une prairie, la femme
était blanche comme une goutte de lait. La vague
laissa la femme sur le sable et retourna en grondant
vers la côte d'Érinn.

Elle était belle, la fille des flots; belle comme un
matin d'automne, belle comme le lendemain d'une
victoire, belle comme le dernier vers d'un poëme sublime. Elle baisa Merlin au front.

« Que veux-tu, fille des flots? dit le barde. J'ai vu
mille fois tomber les feuilles du chêne. J'ai vu mille
fois, et trois cents fois encore, tomber les feuilles du
pommier. »

La fille des flots croisa les bras, renversa la tête,

et ses cheveux blonds touchèrent ses pieds. Merlin avait devant lui une harpe d'ivoire.

ALORS la fille des druides me baisa au front, et j'oubliai le latin, et je sus parler la langue des Gaëls.

Es-tu bien mort, vieux loup des Gaulois?

MON rêve était un pressentiment.

Si elle me demandait la lune, j'irais la décrocher, et je pêche à la ligne pour regarder dans l'eau sa jolie tête.

IL y avait, une fois, un roi et une reine qui ne s'occupaient guère de leurs sujets.

Ils s'en occupaient si peu qu'ils ne connaissaient pas, même de nom, le chevalier du Loup et la belle Fleur d'Iris.

Si le roi avait connu Fleur d'Iris, il aurait certainement dit : « Voilà la plus jolie fille de mon royaume ! »
Si la reine avait connu le chevalier du Loup, elle aurait certainement dit : « Voilà le plus grognon de mes
chevaliers ! » mais ni le roi ni la reine n'auraient sup-
posé, un instant, que la belle pût aimer le soldat.

Pourtant, un soir de décembre, Fleur d'Iris, assise
dans un grand fauteuil de cuir, disait au soldat
couché à ses pieds :

*Dans la salle de bal, le marié sourit en regar-
dant sa femme valser avec un inconnu.*

Qu'elle est belle, la mariée ! mais qu'elle est pâle !

*Valsez, valsez, belle mariée; la valse est un doux
rêve.*

*Ils tournent si vite que leurs cheveux se mêlent...
Qu'elle est belle, la mariée !*

*Ils tournent si vite que leurs cheveux se mêlent,
que leurs deux corps ne font plus qu'un corps, que
leurs haleines se confondent...... Qu'elle est pâle, la
mariée !*

*Valsez, valsez, belle mariée; la valse est un doux
rêve, et votre maître sourit. . . . .*

. . . . .

Fleur d'Iris tendit ses lèvres au soldat.

Quand elle releva la tête, le jeune homme dit :

Le seigneur des Lierres était le meilleur chanteur du Forez. Lorsqu'il entrait à l'église, les belles dames rougissaient sous leurs coiffes de dentelles ; lorsqu'il traversait la plaine, les bergères lui criaient :

> *« L'hiver est passé*
> *Chante, chante rossignolet ! »*

Un dimanche, il suivit à Paris le roi de France. Les belles dames pleurèrent un jour ; mais les bergères d'Ambierle, qui n'osaient pas pleurer, dirent pendant tout l'hiver, à la fin de leurs couplets :

> *« Lorsque fleurira l'amandier,*
> *Reviendras-tu, rossignolet ? »*

Le premier jour de l'été, un cavalier galopait sur la route de Roanne. Les bergères le saluaient gentiment, mais il ne regardait pas les bergères ; la fille du roi, assise sur son cheval, lui disait :

> *« Si ton château est près,*
> *Chante, chante, rossignolet ! » . . . . . .*

. . . .

Alors le soldat soupira : « T'assoirais-tu sur mon cheval ? »

Fleur d'Iris rougit et dit :

La barque glisse entre les saules, et l'étranger dit à la mariée :

« *Laisse la barque descendre le fleuve, les étoiles nous sourient, et ton maître dort.* »

Le fleuve écume, la barque se brise, et le beau danseur nage dans les flots.

Qu'elle est pâle, la mariée, dans les bras du nageur ! Mais que ses yeux disent de choses !

. . . .

Le soldat regarda les yeux de Fleur d'Iris et il dit :

Le roi vint avec mille soldats demander sa fille ; mais les fossés étaient pleins ; mais la herse était baissée. Le roi fit combler le fossé et arracher la herse..... Le seigneur disait à sa bonne amie :

> « *L'hiver comme l'été*
> *Chantera le rossignolet.* » . . . .

. . . .

Alors Fleur d'Iris, souriante, tendit ses lèvres aux lèvres du soldat. Lorsqu'elle releva la tête, ses yeux étaient pleins de larmes, et elle dit :

Autour de la fontaine, les jeunes filles chuchotent ; sur la place, une femme, vêtue de noir, s'avance les yeux baissés.

La femme vêtue de noir s'avance les yeux baissés, et les jeunes filles chuchotent : « Voici celle qui s'est enfuie le soir de ses noces et que son amant a quittée le lendemain. »

. . . .

Le soldat appuya sur son cœur la tête de Fleur d'Iris, et il dit :

Le roi fit porter l'amoureux dans la prison basse, puis on mura la porte, et sur la porte on abbattit la tour. Depuis ce temps-là, les bergères d'Ambierle disent à la fin de leurs couplets :

> *« Lorsque l'hiver sera passé ,*
> *Chantera le rossignolet. »* . . . .

. . . .

Alors le grillon chanta sur le chenet.

Si le roi avait entendu ce qu'entendit le grillon, il aurait été jaloux du chevalier ; si la reine avait vu ce que vit le grillon, elle aurait été jalouse de Fleur d'Iris.

ous sèmerons des liserons blancs et bleus....
— Lieutenant !
— Quoi ?
— On sonne le réveil.

— L'hiver, nous aurons un petit nid bien chaud, plein de livres et de fleurs.....

— Lieutenant !

— Laissez-moi tranquille !

— On rappelle aux clairons.

— Ma tunique ! Vite ; on sonne l'appel. Mes gants ! Où sont mes gants ?

— Vous les tenez à la main.

Capitaine, il ne manque personne.

— Avez-vous vu si les chambres étaient dans le plus grand état de propreté ?

— Je sors du lit.

— C'est fâcheux ! très-fâcheux ! Voyez si le campement est placé comme l'indique le rapport.

— Oui, mon capitaine... Elle a promis de venir me voir ; mais pourra-t-elle ?...

— Lieutenant ! le commandant vous appelle.

— Mon commandant ?

— Monsieur, regardez le n° 4, au second rang.

— Il est positif que ce monstre de n° 4 n'a ciré que son soulier droit. Il devait avoir une raison pour ne cirer que son soulier droit ; il n'aurait pas compromis à plaisir l'avenir militaire de notre belle patrie ? Il est peut-être amoureux, lui aussi.

— Lieutenant Castor, quand vous voudrez écouter les commandements?

— Peloton par le flanc droit, — à droite. Par file à gauche, — marche.

Si je ne suis pas fusillé au camp de Châlons, j'aurai de la chance.

ADIEU, grande rue où les fillettes ont les yeux noirs comme le manteau du diable, lorsqu'elles ne les ont pas bleus comme les ailes des chérubins.

La cantinière a deux sabots.
— La cantinière a deux sabots,
Elle les doit aux caporaux.
— Elle les doit aux caporaux.
— Les caporaux sont militaires ! . . . .

. . . .

Bon, voilà la pluie ! L'eau me coule dans le cou.

La cantinière a deux bas blancs.
— La cantinière a deux bas blancs . . . .

. . . .

— Ma botte gauche m'entame tout doucement le petit orteil. Ma pipe est éteinte.

Dis donc, Pollux, pourquoi rentres-tu ta tête

dans tes épaules comme une tortue à qui on marche-
rait sur les pattes ?

— Je suis mouillé.

— Et moi aussi.

— Et je suis furieux. Chaque fois que je commence
une route, il pleut à verse. Si j'avais su, je n'aurais
pas quitté mon régiment?

— Il ne pleuvait jamais dans ton régiment?

— Tu m'ennuies.

La cantinière a deux mitaines.
— La cantinière a deux mitaines,
Elle les doit aux capitaines.....

— Halte, et formez les faisceaux!

Le règlement dit : « Après avoir marché une
heure, on se repose cinq minutes. » Pollux, re-
pose-toi sur ce frais gazon; ne donne pas à tes sub-
ordonnés l'exemple de l'indiscipline.

— Si j'avais su, je n'aurais pas quitté mon régiment.

— Allons, viens boire une goutte.

La goutte est une bonne chose; je suis tout ra-
gaillardi. Je ne sens plus les pavés.

— Je les sens, moi ; j'ai le petit orteil dans un état navrant.

Oui, nous la plumerons,
  L'alouette, l'alouette !
— Oui, nous la plumerons,
  L'alouette,
  Tout du long !
— Nous plumerons la tête, le bec,
Le bec de l'alouette. . . . .
. . . .

Que le diable emporte les pavés !

Où est Thomas ?
  — Il est en bas.
— Où est Michaud ?
— Il est en haut.
— Ohé Thomas ! ramène, ramène,
  Ohé Thomas !
  Ramène tes gas ! . . . .
. . . .

Mon lieutenant, vous êtes logé au bout de la grande rue, dans une rue qui tourne, près d'un boulanger, sur une petite place, au premier.

Pardon, monsieur, pourriez-vous m'indiquer une rue qui tourne et qui mène à une petite place ?

— Nous avons trois places : celle de la Mairie, celle
du Palais-de-Justice et celle du Marché. Il y a la rue
des Grenouilles, qui tourne, légèrement, mais qui
tourne. Il y a la rue des Marmousets qui . . . . . .

Nous sommes campés près de Mourmelon, à
l'extrémité d'une immense plaine semée de
maigres bouquets de pins.

Entre les tentes, les chemins sont blancs ; entre les
baraques, la route est blanche.

Il est minuit. Les sentinelles passent et repassent l'arme au bras devant les guérites
grises, les chiens aboient à la lune, les lu-
mières sont éteintes.

Les sentinelles qui passent et repassent l'arme au
bras devant les guérites grises ne te verront pas, les
chiens qui aboient à la lune ne te verront pas non

plus ; viens sous ma tente, elle est seule au milieu
d'un grand carré de gazon. . . . .

. . . .

Qu'elle est jolie lorsqu'elle dort les mains croi-
sées derrière la tête, lorsque les mèches soyeuses
de ses cheveux bleuâtres tracent de brillantes ara-
besques sur l'ivoire mat de son sein !

Et il y a un cœur dans ce coffret d'ivoire, un cœur
gai comme un moineau, un cœur caressant comme
un matin de mai, un cœur fidèle comme. . . . . . .

— Le cœur de la femme est comme le sable ; un
souffle y efface la trace de tes pas.

— Qui me parle ?

— Le passé.

Du côté de la butte de tir, sur la crête d'une
des ondulations qui descendent de la montagne de Reims, j'ai rencontré une jeune fille.

Elle marchait, cueillant ces petites fleurs couleur
d'or qui étoilent la plaine crayeuse.

J E l'ai rencontrée en quittant celle dont les yeux ont la couleur de l'iris, et je la suis malgré moi.

Je la suis parce que je la trouve belle, et je voudrais ne pas la suivre, parce que j'ai encore sur les lèvres le parfum du baiser d'adieu.

Elle est belle comme un champ de blé la veille de la moisson. Est-ce une femme ? Les alouettes voltigent autour d'elle.

Q UI donc es-tu, jeune fille ?

— Je suis celle qui pleure quand les épis ne mûrissent pas. Je suis la sœur aînée de la vierge bretonne.

— Et que faudrait-il faire pour que les épis mûrissent ?

Elle m'a dit un mot, tout bas.

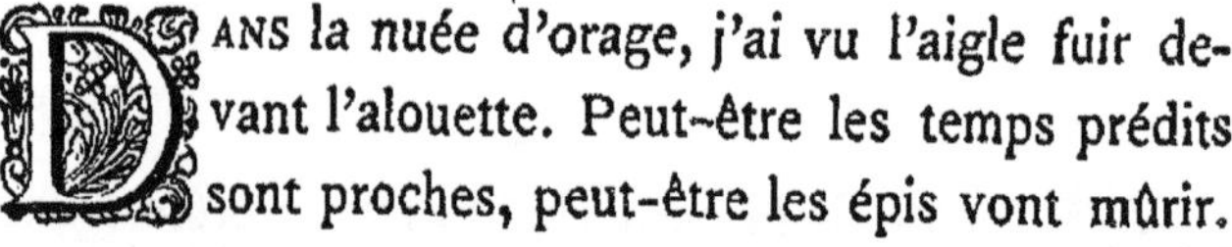

D ANS la nuée d'orage, j'ai vu l'aigle fuir devant l'alouette. Peut-être les temps prédits sont proches, peut-être les épis vont mûrir.

. . . .

La tempête gronde, mais elle ne creuse pas encore assez les vagues pour que l'on puisse voir l'épée d'Arthur. Rêvons.

. ⁎
⁎ ⁎

ALORS Louis roula le manuscrit et dit : « As-tu compris ?

— Non, répondit Henri.

— Tant mieux, car si tu avais compris, j'aurais brûlé ces pages. Je ne suis pas de ceux qui voudraient habiter une maison de cristal, et je n'ouvre pas au premier venu l'armoire où je serre les vêtements qu'ont fanés mes passions et mes rêves.

— Serais-tu amoureux d'une femme? Jadis tu ne trouvais belles que les filles de ton cerveau. »

Henri était un savant, Louis était un rêveur. Le premier rapetissait le monde pour pouvoir le regarder à la loupe; le second reculait les bornes de l'infini pour pouvoir, sans tomber dans le vide, se promener les yeux fermés.

Qui te dit que mon amante n'est pas fille de mon cerveau? soupira Louis. Allume un cigare et écoute, je vais traduire mon poëme en langue vulgaire.

J'habitais une ville dominée par un vaste plateau.

Le soir, ce plateau est silencieux et des lièvres philosophes y rêvent, les oreilles couchées sur le dos. J'allais y rêver avec les lièvres, lorsque le soleil descendait derrière les collines, lorsque la lune argentait les larges allées du bois, lorsque les étoiles se miraient dans le petit étang où fleurissent des nénuphars. Les chevreuils me contaient d'étranges choses.

Les chevreuils savent peut-être encore ce que les hommes ont oublié?

— Peut-être.

— Un soir, le ciel était clair, la brise embaumée chantait dans les blancs épis des brins d'herbe, dans les feuilles luisantes des iris, dans les buissons d'églantiers, dans les clochettes pourpres des grandes digitales, je traversai le plateau et je descendis dans le ravin.

« Aimes-tu les sentiers moussus? ceux qui serpentent au hasard sur le flanc des ravines, qui montent, qui descendent, qui finissent à un fourré, qui se perdent dans une clairière.

— Je ne prends pas les chemins qui ne vont pas droit où ils doivent aller.

— Moi, je les prends. Quand je les suis, mon âme voltige, elle rit, elle pleure, elle se souvient, elle espère.

Je descendais, m'arrêtant dès que j'entendais un lapin, dès que je voyais un ver luisant, et la lune brillait lorsque j'arrivai au bord du ruisseau. Là je me frottai les yeux.

Je dors, parfois, en marchant.

— Tu dors un peu partout, les yeux ouverts.

— Mais je ne dormais pas ce soir-là, et je voyais bien réellement une femme dans la prairie. Ses longs cheveux flottaient et ses pieds ne froissaient pas l'herbe.

Je me cachai dans l'ombre d'un chêne.

— Nous retombons dans la poésie; les fées seules dansent sur l'herbe au clair de la lune.

— Elle ne dansait pas, elle chantait, et je n'ai jamais entendu si douce chanson. J'applaudis.

«Salut, frère,» me dit la chanteuse.

Ne sachant que répondre, je répondis: Salut, belle fée.

— Encore de la poésie!

— Nous causâmes longtemps. Elle m'apprit à comprendre ce que disent les arbres, et lorsqu'elle disparut je l'aimai comme un fou.

Le lendemain je retournai au bord du ruisseau; mais elle n'y était pas.

Je crus que j'allais mourir, et je l'oubliai.

— Il est fou à lier.

— Je partis. J'allai revoir la Norwége, l'Afrique, la Syrie, m'arrêtant dès que j'étais las et écrivant pour me reposer.

Au retour je relus mes manuscrits et je m'aperçus,

avec terreur, que tous mes héros me ressemblaient et
que toutes mes héroïnes lui ressemblaient. J'allai alors
au fond du ravin, dans la petite prairie ronde, je fis un
feu de branches sèches, et lorsque la flamme monta,
claire, je déchirai feuille à feuille ce que j'avais écrit,
et feuille à feuille je le brûlai.

La dernière page allait s'éteindre lorsque ma bien-
aimée apparut.

— Tu la vois souvent?

— Je la vois partout. Tiens, je la vois dans la fumée de ton cigare : elle monte vers cette étoile rouge.

— Allons sur l'eau.

Les deux amis détachèrent la yole. La Seine n'avait
pas une ride, et le vent qui balançait les hautes branches des peupliers n'effleurait pas la cime des roseaux.

Où me mènes-tu? dit Louis.

— Là, répondit Henri en montrant un chalet dont
le balcon s'avançait sur les saules ; je veux te parler
de ma maîtresse?

— Tu as une maîtresse.

— Oui, et elle est peut-être aussi belle que ton rêve.

Ils entrèrent dans le chalet, et Louis vit sur une
large table des livres et des instruments de phy-
sique, dans un angle un fourneau, dans l'autre un
squelette, le long des murs des rayons chargés de

bocaux et de cornues, par terre des minéraux et des herbiers.

A ton tour, écoute moi, dit Henri.

Un soir que je cherchais, en regardant les étoiles, le pourquoi de la création, je rencontrai une belle jeune fille qui contait à la nuit ses vagues désirs et ses vagues tristesses. Son front était haut, sa poitrine était large, et ses désirs étaient chastes comme les désirs des fleurs, et ses tristesses étaient saines comme les tristesses des landes.

Je pris sa main et je lui dis : Enfant, tu cherches, et tu es triste parce que tu ne trouves pas. Attends, lorsque l'heure est venue, le vent porte au palmier les baisers de son frère.

Elle s'était égarée sous les chênes, je lui montrai le chemin et je la laissai.

Je ne l'ai pas revue ; mais je l'attends, et elle viendra.

— Il m'appelle fou !

— Elle viendra, parce que je ne peux pas aimer une autre femme qu'elle.

Regarde bien ton dedans, tu n'y verras que des moitiés de vertus et des moitiés de vices. La femme qui doit t'aimer est celle qui a les moitiés qui te manquent. Comme il n'y a pas deux âmes identiques, il n'y a pas d'hésitation possible, et comme les êtres doivent se reproduire, ils ont été créés par paires.

Celle qui confiait à la nuit ses vagues désirs et ses vagues tristesses a les moitiés qui me manquent, voilà pourquoi je l'attends.

La dernière lumière s'était éteinte sur les coteaux de Marly, les feuilles dormaient, et la lune tremblait comme une perle d'opale dans un disque nacré.

Elle viendra; mais le temps passe, soupira Henri. Les fleurs qui ne s'ouvrent qu'au soleil d'automne languissent et meurent sans donner de graine.

— Quand la neige tombera, j'en ferai un doux tapis; les pieds de ma bien-aimée sont plus blancs que la neige. Quand la neige tombera, je m'en ferai un blanc linceul, et mon âme ira dans une étoile retrouver le printemps.

Je veux un soleil pour lit de noce.

— Je voudrais pour lit de noce une barque bercée par un flot clair, poussée par un vent tiède; je suis un fils de la terre. Je voudrais frissonner comme les arbres, bâtir un nid comme les oiseaux, puis mourir sans regrets et sans doutes, sachant que ma tâche est finie. . . . .

. . . . »

QUAND pourrai-je dire ce que je veux dire ?... Peut-être quand je saurai assez bien écrire pour écrire comme on parle.

Je voulais vous expliquer pourquoi je n'aime plus celle dont les yeux ont la couleur des iris.

Je ne l'aime plus, parce qu'un jour je m'appelle Louis et le lendemain Henri. Je ne l'aime plus, parce que j'ai toujours envie de pleurer quand mes maîtresses rient, de rire quand elles pleurent. Je ne l'aime plus, parce que je voudrais l'embrasser quand elle chante et l'entendre chanter quand elle m'embrasse. Je ne l'aime plus, parce qu'elle est charmante comme toutes celles qui ont été assez folles pour m'aimer une heure.

Quand je l'ai rencontrée, je voyageais dans le bleu, et la pauvre hirondelle, qui ne voulait que bâtir un nid, ouvrit ses ailes pour me suivre où les routes n'ont point de bornes. Quand elle fut bien haut, bien haut, je songeai que j'étais un fils de la terre, et je l'embrassai si rudement qu'elle tomba et se brisa les ailes. Maintenant, je voudrais. . . . .

J E suis un fou méchant, et je m'enferme.

Demain, j'aimerai une autre femme, — c'est plus fort que moi, — mais je ne lui dirai pas que je l'aime.

L'homme aime, dit-on, jusqu'à la mort celle qui a les moitiés de ses vertus et les moitiés de ses vices; mais, quand on a un jour une moitié et le lendemain l'autre moitié de la même qualité ou du même dé-

faut, que diable voulez-vous que l'on fasse? Il faudrait aimer une blonde les jours pairs, et une brune
les jours impairs.

E vais profiter de mon séjour au camp pour apprendre ce que je ne sais pas ; je veux devenir un profond tacticien, un savant administrateur.

Folle du logis, tais-toi et écoute les sages leçons que.. . . . .

— Castor, ta canne a-t-elle un mètre ?

— Pourquoi veux-tu que ma canne ait un mètre ? La tienne a-t-elle un mètre ?

— Ah ! si ma canne avait un mètre !

— Il est fou.

— Je suis décorateur.

— De quoi ?

— Du camp, parbleu !

— Si tu as mission d'en faire un Éden, je te plains.

— Ne me plains pas. Pendant que tu goûteras au soleil les douceurs de l'alignement, je tracerai des plans à l'ombre. Lorsque tu iras à l'appel à quatre heures du matin, je corrigerai ces plans dans mon lit. Je suis exempt de tout service.

— Pendant combien de jours ?

— Tant qu'il y aura quelque chose à faire, et ce sera long ; la veille du départ je n'aurai pas fini. Serais-tu capable de tailler une statue ?

— Je n'ai jamais essayé.

— Il me faudrait un artiste ! Il me faudrait aussi des maçons, des carriers, des charpentiers, des menuisiers, des jardiniers, des cantonniers.....

— Et des chapeliers.

— Pour quoi faire ?

— Pour coiffer la statue. Voyons, sérieusement, de quoi es-tu chargé ?

— Je suis chargé de la confection d'un monument sur lequel nous planterons notre drapeau le 15 août. Ce monument doit être en craie, — s'il n'y avait pas de craie ici on n'aurait jamais songé à faire du camp de Châlons une succursale de l'École des Beaux-Arts, — et il faut qu'il soit surmonté d'une statue. Un régiment est déshonoré s'il n'a pas une statue colossale. Fais-la.

— Je ne sais même pas dessiner.

— Raison de plus ; elle aura du cachet.

—Je te chercherai un statuaire dans ma compagnie ; il y a de tout dans ma compagnie. Que dois-tu faire encore ?

— Il faut que je dessine des jardins où il y a des tas de pierres, que je creuse des fossés où l'eau pourrait couler, que je veille à l'éducation des légumes,

que je surveille les pompes et que je fasse sabler les
rues. Mais, pour cela, il me faut une canne qui ait un
mètre ; la tienne est trop courte. Bonsoir. »

Chante, chante, folle du logis.

A femme que j'aime n'existe pas ; elle n'est
ni blonde, ni brune ; elle n'a rien appris, et
elle sait tout ; elle n'a rien vu, et elle a tout
deviné ; et moi. . . . .

— Toi, tu oublies que l'amour est une récompense,
non un but, et tu es sur le chemin qui mène à la folie
des sots, à la folie des lâches. Tu oublies que l'amour
n'est que la goutte de rosée qui diamante le sillon,
et tu pleures, au lieu de défricher la lande.

« Tu meurs donc de vieillesse, terre du Couchant ? Jadis tu nourrissais des chênes au tronc
noueux, des bouleaux aux branches sonores ; maintenant, je ne vois que des sureaux et des saules.

« Le loup s'est laissé museler ! le vent du midi a
brûlé la verveine ! »

C'était la sœur aînée de la vierge bretonne qui
parlait ainsi sous ma tente.

Oui, nous ne sommes plus que des sureaux qui tremblent, que des saules qui pleurent.

Nous tremblons devant un fantôme, nous pleurons sur le néant.

La foudre a brisé les chênes, les vers ont rongé les bouleaux, le vent du midi a brûlé la verveine.

ELLE n'a pourtant pas encore de rides au front, la belle reine du Couchant. Ses veines sont azurées, et sous sa robe verte j'entends battre son cœur. Éveille-toi, fille du ciel!

Les saules pleurent sur ses yeux..., les sureaux tremblent sur son cœur... Elle est morte!

— Elle n'est pas morte; mais tu n'oseras pas dire le mot qui, seul, pourrait la réveiller.

JE demandai à la muse des bardes le mot mystérieux, elle me le dit tout bas, et je souris parce que je l'avais deviné. Je ne sais comment vous le dire..... Entendez-vous?

— Nous entendons le tonnerre gronder dans le lointain.

— Vous entendez la harpe d'ivoire chanter le chant

de l'avenir! Écoutez ce que dit Merlin sur la colline d'Irlande.

* *
*

Au soleil levant le bourgeon éclate, et la feuille verte chantera demain!

Elle chantera la triade sainte, et les fils d'Erinn diront aux Bretons : « Voici le jour, soldats d'Arthur! Dans les ténèbres, nous nous prenions pour des ennemis; mais le soleil se lève, embrassons-nous, frères! »

Au soleil levant le bourgeon éclate et la feuille verte chantera demain!

Elle chantera la triade sainte, et les Bretons diront aux fils des Gaulois : « Le vent du midi apporte la soif, le vent d'est apporte la mort, mais le vent aux ailes vertes apporte l'ivresse et la vie. »

I

Baisse tes grands yeux
        Sérieux,
Baisse tes grands yeux.

II

Voile ta figure
        Blanche et pure,
Voile ta figure.

III

Surtout parle bas
    Sur mes pas,
Surtout parle bas.

IV

Car la beauté tue
        Qui l'a vue,
Elle enivre et tue.

(BRIZEUX.)

OUI, monsieur, je commençais la première page de l'histoire générale des Gaulois lorsque je m'endormis ; je dormis un mois, et, en m'éveillant tout dispos , je demandai l'heure.

— Il est sauvé ! s'écria notre aide-major.

— Et sauvé de quoi, mon ami ? lui dis-je. J'ai très-bien dormi, et je t'invite à déjeuner.

— Tu as eu une fièvre cérébrale.

— Allons donc !

Il n'en voulut pas démordre, et déclara que j'avais

besoin de changer d'air. Voilà pourquoi je suis chez ma sœur au lieu d'être au camp de Châlons.

Je m'ennuie chez ma sœur; je déteste l'architecture gothique. Ces petites tourelles qui s'accrochent à d'autres tourelles; ces escaliers qui tournent, tournent; ces girouettes qui grincent, grincent, me sont particulièrement désagréables.

Les soirs, nous causerons, puisque vous êtes assez aimable pour venir me tenir compagnie.

Vous me plaisez beaucoup; vous ne parlez pas, mais vous écoutez.

Ils sont si rares les hommes qui savent écouter! Chacun a, maintenant, un dada sur lequel il galope à travers la vie, sans crier gare aux passants et sans lire les écriteaux que quelques niais comme moi mettent sur les fondrières. Mon aide-major lui-même, un homme grave, a un dada tout comme les autres; il a le dada de la fièvre cérébrale. Tous les gens à qui il tâte le pouls ont la fièvre cérébrale.

Il est complétement fou, et ce n'est pas étonnant. Lorsqu'on retourne une même idée pendant des années, le lobe du cerveau qui travaille seul grandit aux dépens des autres; la masse tout entière échange la forme sphérique contre la forme conique, elle s'effile, et la cervelle devient tellement pointue qu'il n'y a place, à son extrémité, que pour l'idée choyée qui s'y tient en équilibre. Toutes les autres dégringolent... dégringolent. . . . .

Je n'ai jamais su aimer, et ce n'est pas ma faute, mon cher monsieur, car j'ai aimé bien souvent. Ne riez pas; l'amour est une science, une science difficile que savent, seuls, ceux qui ne l'ont pas apprise.

Les imbéciles n'aiment pas, et ils sont aimés; les gens d'esprit aiment, et ils ne savent pas se faire aimer.

J'ai juré de ne plus avoir de maîtresse; je suis las de casser mon cœur en petits morceaux pour que la blonde et la brune le croquent plus à leur aise, avec assaisonnement d'angélique ou de poivre de Cayenne. J'ai juré de ne plus aimer que la beauté, cette beauté éternelle dont on parle toujours parce qu'elle n'existe peut-être pas. Je la cherche dans l'histoire..... Vous n'avez pas oublié que j'étudie l'histoire gauloise, depuis la nuit où j'ai entendu la harpe de Merlin.

Vous avez sommeil, mon cher monsieur? je vois cela à vos yeux. Moi aussi, j'ai sommeil; allons nous coucher.

Je vous aime beaucoup; car... vous êtes muet, ce qui est probablement désagréable pour vous, mais bien agréable pour moi qui déteste la discussion.

Une poignée de main, cher monsieur. Allongez encore un peu le bras, la table est large. Vous ne voulez que me toucher le bout des doigts?... Affaire d'habitude; il y a des peuples qui, au lieu de se donner des poignées de main, se frottent le nez... Qui frappe? Est-ce toi, Marie?

— Oui, mon oncle.

— Entre. Tu n'es pas encore couchée? Connais-tu ce monsieur, avec lequel je cause?

— Quel monsieur?

— Il est sorti! C'est étonnant.

— C'est peut-être le petit homme gris qui voit tout ce que je fais et qui le dit à maman?

— Peut-être. Tu n'as jamais vu le petit homme gris?

— Non, mon oncle; ni le petit oiseau bleu. Adieu, mon oncle.

— Adieu, mignonne.

LE MATIN.

JE n'oublierai jamais le pays du soleil; faisons, pour le beau fantôme aimé, unp oëme comme ceux que chantent les chameliers sur la route de Lagouath.

***

QUAND j'étais riche, je détournai la rivière et je l'amenai, par mille conduits, dans la plaine aride où le soleil brûlait les marchands.

La plaine devint un jardin; mais lorsque je passai, pauvre, devant les marchands assis à l'ombre, *ils* crièrent : « Voyez le fou ! »

— Les fous arrachent les arbres; mais ils ne les arrosent pas, murmura mon âme à mon oreille, et je me fis chamelier.

Quand je vis la route encombrée de cadavres, je dis aux chefs des caravanes : « Cherchons une route vierge bordée de fontaines claires. » Ils me laissèrent chercher seul, et lorsque je revins la bouche sèche, ils crièrent : « Voyez le fou ! »

— Les fous se perdent sur les sentiers battus; mais ils n'en tracent pas de nouveaux, murmura mon âme à mon oreille, et je devins amoureux de la fille du sultan.

.˙.

La fille du sultan est plus belle que la lune. Je ferai pour elle un poëme profond comme la nuit.

Quand mon poëme sera semblable à un rosier, je parfumerai ma bouche et je m'assoirai devant celle que j'aime, sur un tapis brodé. A ma droite et à ma gauche, j'allumerai des cassolettes, et je dirai lentement mes vers en marquant la mesure.

La fille du sultan est plus blanche que le jasmin. le sourire chante au coin de sa lèvre.

.*.

Mon poëme est semblable à un rayon de miel, et je me suis assis sur des fleurs fraîchement coupées.

Je vais chanter doucement, en balançant la tête Si la fille du sultan ne me donne pas sa main à baiser quand j'aurai chanté mille vers, si elle ne me donne pas ses lèvres à baiser quand j'aurai chanté dix mille vers, je dirai : Je suis fou ! et je ne l'aimerai plus.

.*.

Lumière de mes yeux, mets un coussin sous ton coude, allume ton narghileh, sors tes petits pieds de tes pantoufles vertes, et écoute le poëme que j'ai fait, pour toi, en regardant la lune.

Écoute mon poëme: tu es la fille du sultan; mais il est, lui, le fils de l'amour.

Houri au cœur de femme, mets un coussin sous ton coude pour pouvoir dormir, si le poids de tes cils fait tomber tes paupières.

Écoute :

.*.

Plus loin que Giseh , plus loin que Memphis, plus loin que Thèbes, en remontant le Nil, je me couchai un soir dans une vallée ronde qui ressemblait à une coupe d'améthyste à moitié pleine de sable.

J'avais tout le jour remonté le fleuve, et je m'étais dit tout le jour : Pourquoi le Nil, lorsqu'il déborde, ne fait-il pas pousser de l'herbe sur cette plaine ?

.

Moitié de mon âme, les pieds se gonflent vite lorsqu'à chaque pas on se demande : « Pourquoi ! »

Chante, fauvette, sans jamais te demander pourquoi tu chantes, et tes jours couleront comme un ruisseau dans un canal de faience.

.

Je me couchai, et je vis, sur la crête de la montagne couleur d'améthyste, de grands sphinx accroupis.

Sœur des blonds épis, laisse mes vers caresser du bout de l'aile ton âme en s'envolant.

Ferme tes yeux d'azur, blonde sœur des épis, et mes vers, en battant de l'aile, balanceront ton âme comme le vent du soir balance les champs d'orge.

Pendant que je regardais les sphinx, le Simoun but mes outres.

Le Nil était près ; mais la foule boit au Nil, et je

n'aime, moi, que les coupes neuves. Je m'étendis sur le sable, et comme les vautours planaient au-dessus de ma tête, je leur dis en beaux vers :

Lorsque, pour manger mes yeux, vous vous poserez, les ailes pendantes, sur mon front encore tiède, vous verrez dans mes yeux le portrait de ma bien-aimée ; son doux visage est gravé en traits de feu dans ma prunelle.

Depuis que j'ai contemplé cette étoile tombée du ciel, je suis comme un homme aveuglé par le soleil, qui voit dans les ténèbres l'astre qu'il a regardé. . .

. . . .

*
* *

Je n'ai chanté que cent vers, et tu me donnes ta main à baiser ! Tu as donc deviné que mon cœur est une oasis fraîche où s'épanouira brillante la fleur d'amour ? Tu as donc deviné que mon cœur est une mer profonde où la barque de notre amour ne s'échouera jamais ?

Tu me donnes tes doigts plus transparents que l'ambre sans nuages, tu me donnes tes ongles plus brillants qu'une goutte de sang sur un étrier d'or, tu me donnes ton poignet plus fin qu'une flûte d'ivoire, et je n'ai fait encore que cent vers ! Doux encens de mon âme, mes vers vont être des charbons ardents, et ton cœur va se changer en nuage embaumé !

⁂

Oh! mon poëme, ne marche plus comme le lièvre qui fait dix pas et qui regarde; cours *comme* le chameau blanc qui, sans s'arrêter, traverse le désert.

Écoute, bien-aimée :

Étendu sur la plaine, je regardais un nuage qui flottait devant la lune.

Ce nuage descendit, et lorsqu'il toucha la terre, il en sortit trois almées. La plus mince avait une coupe, la plus belle avait une flûte, et la plus pâle était nue jusqu'aux hanches.

La plus mince me dit : « Bois, et tu n'auras jamais soif. » Je répondis : Mon amour est une source fraîche où je bois à longs traits.

Les vautours me regardaient de côté.

La plus pâle des almées me dit alors : « Viens dans mes bras, et tu verras le ciel. » Je répondis : Mon amour est un jardin où pousse l'arbre aux fruits d'or.

Les vautours allongeaient leurs cous chauves.

Alors la plus belle des almées joua de la flûte, les sphinx accroupis sur le faîte de la montagne se levèrent, et je vis deux palmiers, et, sous les palmiers, une femme qui te ressemblait.

**

Messaouda, ce que j'ai vu cette nuit-là a fait de moi un infidèle ; je crois, maintenant, à ce qu'enseignent des vieillards sous les cèdres du Liban.

Ils disent, ces vieillards, que la vie de l'âme est un escalier qui ressemble à un croissant dont le milieu serait dans les ténèbres et les deux pointes dans la clarté. Ils disent qu'à chaque mort l'âme, quand elle est jeune, descend un degré, qu'elle en monte un lorsqu'elle est vieille.

Si ce que disent ces vieillards est vrai, nous avons déjà vécu, et je retrouverai sur tes lèvres le parfum qui m'a enivré dans la vallée du Nil. . . . .

. . . .

**

J'ai retrouvé sur tes lèvres le doux parfum….. Ce que disent les vieillards est vrai.

Écoute, Messaouda, le récit de notre dernier amour :

Les sphinx descendus de la montagne se baignaient dans les eaux du Nil. J'oubliai que les hommes m'appelaient le fou, et je dis : Mon cœur voit celle qu'il attendait . . . .

. . . .

.*.

Pose-toi, rossignol, sur ce buisson de grenadiers
dont les yeux sanglants regardent la sœur de mon
âme. Serre dans tes petites pattes une branche à l'é-
corce bien lisse, rentre dans les plumes de ton cou ta
jolie tête grise, et chante ton plus beau chant d'a-
mour; toi seul peux redire ce que j'ai entendu, dans
mon rêve, sous les palmiers du Nil. Oui, seul tu peux
redire ce qu'a soupiré à mon oreille la vierge aux
lèvres parfumées.

Écoute, Messaouda, la chanson du rossignol.

.*.

. . . .
. . . .
. . . .

.*.

Non, ma Messaouda, non, je ne te dirai pas, en
un mot, la fin de notre histoire. Il faut maintenant,
si l'on veut être appelé poëte, dire peu de chose en
beaucoup de mots.

Jadis, le poëte était semblable au palmier qui
pousse droit vers le ciel; maintenant, il est semblable
au cep qui, pour monter de deux coudées, rampe le
long des murailles.

Lorsque je chanterai pour toi, mes vers couleront comme les flots du Nil; mes vers seront composés d'images et non de mots, de parfums et non de lettres. Aujourd'hui, je chante pour la foule; je veux que ton nom soit écrit, en lettres d'azur, sur les portes de la Kaaba. Dors, si le poids de tes cils fait tomber ta paupière, je parle à la foule.

Lorsque les sphinx eurent chanté la chanson de noce, la vierge qui te ressemblait m'emmena dans un palais où des hommes de pierre rêvaient, les mains sur les genoux.

Je connais la route qui conduit au palais d'amour; fille du sultan, veux-tu me suivre comme tu m'as suivi autrefois? Quand je passe, la foule crie : Voyez le fou! Mais, que te font les cris de la foule?

Oui, je suis un fou! j'ai semé mes idées dans les sillons des autres. Oui, je suis un fou! j'ai vidé ma tête pour que le soleil pût y briller, pour que le vent du désert pût y étendre ses ailes.

Laisse dire la foule; l'esprit de Dieu habite dans les têtes vides.

La foule est méchante..... Cache-toi, blanche asphodèle, sous les feuilles du laurier; quand le fou aura fini son poëme, le cavalier fera sonner ses éperons, et, au lieu de rire, la foule tremblera.

Baume de l'arbre aux fruits d'or, comme une goutte de rosée, cache-toi dans un calice ; demain tu brilleras comme une perle au manche de mon flissas, et les têtes qui ne s'inclineront pas rouleront dans la poussière.

Tu ne veux pas te cacher comme l'amante qui attend ; tu veux, comme la fière épouse, te tenir debout sur le seuil ? Viens avec moi chez le kadi.

Viens, tu seras l'ombre de mon corps, et je mettrai ton cœur dans ma tête vide.

Il trouvera, ton cœur, dans ma tête vide, un jardin où des ruisseaux gazouillent, une route sablée, bordée de fontaines claires.

Viens chez le kadi, blonde sœur des roses ; il lira les deux versets, et tu attacheras, avec mon nom, les plis de ton voile, et ton voile sera retenu par une épingle solide.

***

« Voyez le fou ! Voyez le fou ! »

***

Ils crient : « Voyez le fou ! » et ils ont nommé un aveugle kadi !

Quand j'ai conduit à cet homme l'étoile tombée du ciel, quand je lui ai dit : Elle veut être ma femme, il m'a répondu : « Tu es seul, et tu n'as dans la main qu'une poignée de sable. »

.˙.

Viens, ma Messaouda, dans la vallée ronde où les flots du Nil ne font plus pousser d'herbe depuis que la flamme de notre amour y a changé le sable en rubis.

Viens dans le palais où nous nous sommes aimés déjà, lorsque le vieux platane n'était encore qu'une graine.

Viens, les grands sphinx nous attendent sur les degrés des terrasses.

LE SOIR.

Mon cher monsieur, j'ai parlé de vous à ma sœur, et elle ne vous connaît pas. Elle a même été très-étonnée de vos visites.

Son mari, qui est un esprit fort, a prétendu que je causais avec mon image que je voyais dans la glace. N'aimant pas la discussion, je n'ai rien répondu.

Mais ce n'est pas de cela que je voulais vous entretenir. Je suis amoureux depuis ce matin.

Ne vous récriez pas ; je ne suis pas amoureux d'une femme, je suis amoureux..... Je parie que vous allez rire. Je suis amoureux..... Vous ririez certainement si je vous disais, sans préambule, de qui je suis amoureux, et je me fâcherais. Je vais vous conter la chose depuis son commencement.

Ce matin, en quittant cet affreux château, où les girouettes grincent, je pris un chemin creux et j'arrivai sur la chaussée d'un étang — un amour d'étang, bien transparent, bien bleu.

Comme il faisait un peu froid, je fis des vers, — la rime m'échauffe toujours ; — et comme je ne savais sur quoi faire des vers, j'en fis sur l'étang. Les voici :

Entre un bouquet de pins et de grands bois de chênes,
    Dort un petit étang, calme. . . . .

Il me fut impossible de trouver une rime à chênes ; je ne suis pas un poëte : mais je suis un botaniste, je cueillis une fleur de genêt, et j'entr'ouvris son calice.

Nous sommes habitués, nous autres savants, à regarder toujours au fond des choses ; aussi, souvent, nous cassons la chose et nous ne trouvons rien dedans.

J'entr'ouvris la corolle et j'y trouvai une goutte de

rosée. Dans cette goutte de rosée le ciel se réfléchit, et le petit étang, et les grands bois.

Je pensai à bien des choses en voyant tout ce que pouvait refléter une goutte de rosée, et je me dis : Il est peut-être plus facile de faire tenir le ciel dans une goutte de rosée que d'accrocher dans le ciel une goutte de rosée.

Vous ne me comprenez pas ? J'ai pourtant dit une belle chose. J'ai dit : Il est peut-être plus facile d'animer un rêve que de faire vivre une femme au milieu d'un rêve. J'ai dit : Il est peut-être plus facile de faire germer une âme que d'en acclimater une toute poussée dans un pays qui n'est pas le sien.

Après avoir tourné et retourné cette idée dans ma cervelle, je fis une chanson de chamelier que je ne vous chante pas, parce que je l'ai oubliée, et je rencontrai une jeune fille.

Je causai avec elle et je vis qu'elle n'avait pas d'âme.

Entendons-nous, je vis qu'elle n'avait pas l'âme d'une femme, ce qui ne l'empêche pas d'avoir une âme comme en ont les arbres qui poussent et les chiens qui aiment.

Je remerciai le Créateur; j'avais trouvé la goutte de rosée dans laquelle je pourrai mettre le ciel.

Mon cher monsieur, voici ce que je compte faire : je compte mettre une âme de femme dans cette charmante créature et l'aimer jusqu'à la mort. Aidez-moi à faire une belle âme de femme....

— Mon oncle!

— Je vous demande pardon ; ma nièce frappe, je vais lui ouvrir. — Mignonne, voici le monsieur.... Tiens ! il est parti.

— Dis donc, mon oncle, la mère Tiennette a dit que ce monsieur, c'était le diable.

— Ah !

— Voilà pourquoi j'ai tapé à ta porte, parce que la mère Tiennette a dit que le diable se sauvait devant les petits enfants.

Je ne veux pas que tu causes avec le diable, il te rendrait sorcier.

— Je ne causais pas avec le diable. Adieu, chérie !

— Dis donc, mon oncle, je veux te dire aussi que Louise a bien du chagrin.

— Quelle Louise ?

— Ma tante Louise, celle qui sait des contes. Tu l'as rencontrée aujourd'hui et tu n'as pas voulu la reconnaître.

— Je ne l'ai pas vue.

— Demain matin il faudra l'embrasser. Adieu, mon oncle.

— Adieu, mignonne.

LE MATIN.

Vous ne m'avez jamais vue ?

— Je t'ai vue dans la neige qui tombe immaculée. Je t'ai vue dans la vague qui n'a jamais touché la côte, je t'ai vue dans mes plus beaux rêves.

Tu ressembles à la fille des bardes qui me contait la légende de Merlin sous les dolmens de Carnac; tu ressembles à la fille des druides qui me parlait de l'avenir sur les collines de la Champagne.

Mais tu n'as pas d'âme, fleur des bois.

— J'ai un cœur !

— Je le sais, et je te donnerai une âme, une âme aux grandes ailes.

Je demanderai, pour toi, la grâce à la muse d'Armorique.

Je veux que tu sois le gracieux symbole de la race inspirée qui ne croyait pas à la mort.

— Vous m'avez vue hier pour la première fois ?

— Oui, ma véronique, je t'ai vue hier pour la première fois. Je t'ai vue lorsque je rêvais un doux nid pour mon amour.

— Votre nièce vous a dit adieu hier ?

— Ma nièce est encore un petit oiseau, malheu-

reusement demain elle sera une femme..... Tu
pleures ?

— *Et Salomon, le roi poëte, qui n'aimait les fleurs
qu'en gerbes et les perles qu'en colliers, depuis trois
mille ans épelle le même mot sans se lasser.*

— Qui t'a appris cela, ma violette ?

— Un homme que j'aimais déjà lorsque je n'étais
qu'une enfant, un homme que j'aimerais encore, s'il
le voulait... un homme que j'aimais quand on m'appelait la petite Louise.

— J'étais donc réellement fou !

Achevé d'imprimer

LE DIX JANVIER MIL HUIT CENT SOIXANTE-HUIT

PAR D. JOUAUST

POUR ALPHONSE LEMERRE, LIBRAIRE

A PARIS